〈あの絵〉のまえで

原田マハ

幻冬舎文庫

〈あの絵〉のまえで

目次

本文扉デザイン　重実生哉

ハッピー・バースデー

いちにちのうちで、なんと言っても、朝がいちばん好きだ。

午前六時五分まえ、どんなにいい夢をみていても、ぱっと目が覚める。スマホのアラームはきっかり六時にかけているのに、どうしてだろう、決まって五分まえに目が覚める。

もうはるか昔のことになるけれど、十代の頃なんて、目覚まし時計をかけてもちっとも役に立たなかった。それがいまじゃ目覚まし時計要らず。正確すぎる体内目覚まし時計が、ばっちり起こしてくれるのだ。

アラームをリセットして、すぐに広島カープファンのアプリ「赤ヘル」にアクセス。昨日は対ヤクルト、6－3でがっつりいただき。今日はどうかな。先発は九里。よっしゃ、またもやいただきじゃ、と小さくガッツポーズをキメる。

ベッドから出たら、カーテンを元気よくさっと引いて、サッシの窓をからら、と開ける。アブラゼミの声が裏の神社でわんわんと響いている。今日も相当暑そうだ。

東向きの窓からは朝日が部屋の中に差し込んで、やたらまぶしい。古ぼけたマンションの小さな部屋だけど、日当たりだけは良好なのだ。

廊下へ出て、開けっ放しになっている隣室を覗く。ベッドに大の字、日に灼けた顔、大きな口を開けて豪快に眠っているのは、私の娘、夏里《なつり》。もうすぐ十六歳、まっしぐらにカープが好きで、まっすぐにソフトボール一筋。私と同じ夏生まれで、私と同じく、生まれたときから父親がいない。短い結婚生活に早々とケリをつけたのだが、別れたあとにお腹に彼女がいることがわかったのだ。だけど、私はうれしかった。母に報告すると、手放しで喜んでくれた。大丈夫、あたしがお父さんになって一緒に育てるけぇ、と母は言った。ほんとうにたくましくて前向きな人なのだ、私の母は。

夏里の部屋の向こう、リビングのドアが開け放たれている。お決まりの広テレ朝番組「ZIP!」、カープの試合解説の声が響いてくる。

「おはよ」と入っていくと、座卓の前にちんまりと座っている白髪のショートカットのおばさんが、こちらをちらとも見ずに「おはようさん」と答える。

赤い画面に釘付け、朝っぱらから異様な熱気を放っているこのおばさん、私の母、奈津江、六十三歳。広島市内のお好み焼きの老舗《しにせ》「広《ひろ》さん」勤務、お好み焼き一筋たぶん四十年以上。なにせ私がものごころついたときにはすでに「広さんの奈津さん」になっていた。

赤ん坊の私をどこにどう預けて働いていたのかわからないけど、小学校からの帰り道に私が直行したのは、母が勤める店だった。からら、とサッシの戸を開けると、ソースと油のにおい。ものすごい勢いでキャベツを刻んでいる大将、広田博司、通称「広さん」が、おう、なっちゃん、おかえりー、と顔を上げずに真っ先に声をかけてくれた。母はタワシで鉄板をこすったり、広さんと一緒に具材を刻んだりして、カウンターの内側で開店の準備に忙しくしていた。だけど、私が入っていくと、すっ飛んできて、おかえり夏花《なつか》、今日は学校どんなじゃった？　と、わくわくと訊くのが定番だった。

その母は、広さん亡きあと、店の看板として、広さんの息子の若大将、と言ってもいまや立派なおじさんの晃《あきら》さんを支え、無遅刻無欠勤を貫いて、今日に至る。

「早起きじゃな。ゆうべ遅かったのに」

声をかけると、母は、うれしさを隠し切れない様子で、

「カープ勝ったんじゃけえ、寝とられんが」

ほくほくと答える。そう、我ら三人家族は揃って筋金入りの「カープ女子三世代」なのである。

キッチンへ行くと、もう麦茶が沸かしてある。母は「麦茶は必ずやかんで煮出して冷やす」主義だ。コンビニで売っているペットボトル入りの麦茶のほうが便利だしけっこうおいしいのに、そういうのは麦茶と呼ばないらしい。スーパーでカットされて売られているスイカなんかも、スイカじゃなくて、カットスイカ。おにぎりも、フィルムにくるまれて売られ

ているのは、ご飯を握ったやつ。それっておんなじじゃね？　と突っ込めるのは、夏里だけである。

テレビでひと通り昨夜の試合を振り返ってから、母はよっこらしょ、と腰を上げ、キッチンに立つ。冷蔵庫から味噌、野菜、卵、漬け物を取り出し、朝食の支度が始まる。鍋に湯を沸かし、リズミカルに野菜を刻み、味噌を溶き、卵を焼いて、味付海苔に納豆、刻みオクラにおかかを混ぜて。

私はその間、身支度をする。さっとシャワーを浴びて、服を着て、狭い脱衣所の洗面台の前に立ち、日焼け止めファンデーションをひと塗り、アイメイクして、眉毛を描いて。

「つはよ」と夏里が脱衣所に入ってくる。意外にも寝坊をしない娘は、お腹が空いて目が覚めるんだそうだ。

「おはよ。今日も勝つ」

「もっちろん。勝つ」

すれ違いざまに、ぱちん、とハイタッチ。

「ご飯じゃよー」

母の声がする。「はいよー」と答えて、リビングへ急ぐ。大急ぎで顔を洗った夏里も、盗塁王・田中広輔よろしく、食卓のいぐさ座布団目がけて走り込む。

「いただきます」私と夏里は、揃って手を合わせる。

「はい、いただきましょ」母も頭を下げる。

じゃがいもとわかめのお味噌汁、きゅうりとなすの浅漬け、ふっくら卵焼き。カープ勝ち星のニュースを眺めながら、三人で、母手作りの朝食の食卓を囲む。いちにちのうちで、いちばん、好きな時間。

「いってきまーす」

「はいよ、いっといでー」

夏里が出かけるのは八時。私は八時半。母は十時半。帰ってくるのは私がいちばん乗りで夕方六時半、夏里が塾終わりで夜九時、母が午前零時を回る頃。

表通りは燦々《さんさん》と夏の太陽の光が射している。アスファルトの上にはすでにもわっと陽炎《かげろう》が立って、暑い、あつい夏の日が、また始まる。

でも、私は夏が好きだ。なぜって、三人とも夏生まれだし、カープの試合があるし。

それに……。

三人揃って元気に今年もまた夏を迎えられた。いちねんのあいだの大事な一区切り。母が何より大切にしている平和な夏を、どうして嫌いになれるだろうか。

＊

つらく、長く、暑い夏だった。

私はもうすぐ二十二歳、大学四年生。東京でのひとり暮らしも四年目、就職活動が長引いてなかなか帰省できない日々が続いていた。

毎日、まいにち、一着しかないリクルートスーツと、かろうじて二枚ある白いシャツを交互に洗濯してアイロンをかけて着ていた。セミロングの髪をきちんととかし、メイクは濃過ぎず薄過ぎず、ヌードベージュのストッキングをはいて、中ヒールのパンプスをはいて。

現代用語集、時事ニュース、礼儀作法、言葉遣い。会社訪問、先輩とのランチ。就職活動のために必要なありとあらゆることを、ひと通りやった。完璧というくらいに。それでも、一社からも内定が出なかった。

「夏花、ちょっと高望みしすぎなんじゃないの？　狙い撃ちしてるところ、大企業ばっかりじゃない。小さいところも一応受けてみたほうがいいよ」

焦りまくる私にそう忠告してきたのは、大学の同期の友人、亜季である。

亜季は東京生まれの東京育ち、中目黒に自宅があって、有名なファッション雑誌の編集長をしている父親と、有名なスタイリストの母親のもとで、「おしゃれじゃなければ生きてる意味がない」と教え込まれて育ったんだそうだ。彼女はものすごい美人でもスタイルがいいわけでもなかったが、海外ブランドやデザイナーズ・ブランドの最先端のファッションで身を固め、まぶしいくらいおしゃれですてきだった。かつ、おしゃべりがうまく、人の気を引くのも得意で、やっぱりおしゃれな同い年の彼氏がいて、「就職決まったら早めに結婚しようとか言われたんだよね。でも、そんなのどうなるかわかんないでしょ」とさらりと言っていた。彼女に憧れない女子はきっといなかったはずだ。

私は文学部で、亜季は社会学部。大学三年生のとき、博物館実習の授業で一緒になり、知り合った。

在学中にとにかく何か資格を取得したいと思っていた私は、人気のある教員資格ではなく、学芸員の資格を取得することにした。アルバイトのシフトの関係で、教育実習に時間を割けないということがわかっていたからだ。学芸員というのはたぶんあの展示室の片隅の椅子に座っている人のことなんだろうと、最初は思っていた。それまでに美術館に行ったことなど数えるほどしかなかったので、さほど興味はなかったが、とにかく一年間資格取得のために必要な講義をいくつか受けて、夏休み中に五、六日間、美術館か博物館での実習を受ければいい。アルバイトにもそんなに影響なく過ごせそうだから、取ろうと決めた。

そして、三年生の夏の終わり、都内の美術館で、私はふたつの果実を得た。

ひとつは、亜季との出会い。もうひとつは、美術館への興味。

亜季はとてもおしゃれで、気さくで、一緒にいるだけでこっちまで明るい気分にさせてくれる、そういう天性をもった女の子だった。私たちはすぐに仲良くなった。

そして、博物館実習で通った美術館では、本物の学芸員の指導を受け、実際の仕事に触れることができた。美術館・博物館の四つの柱〈調査、収集、教育、展示〉について学び、学芸員には自分の研究対象以外にも美術に関するさまざまな知識が必要なこと、また、ときに難しい交渉をこなさなければならないこと、美術館同士のネットワークを大切にして情報交換すること、などなど、を知った。展示室や収蔵庫の見学、展示の際の動線の確認、作品の取扱い方、資料カードの作成の方法、教育プログラムの普及、広報活動、イベントの企画、などなど、など。

その美術館が所蔵していたモダン・アートのコレクションは、正直、最初はなんだかわからなかった。何が描いてあるのか、何が創られているのか。だけど、担当学芸員の阿部頼子さんの説明を聞いて、胸の奥に小さな火が灯るのを感じた。

――美術館の収蔵作品は文化財です。文化財は私たちみんなのものです。だから、アート作品を守って、次世代に伝えていくのが、私たち学芸員の大切な役割なんです。

私は一生懸命ノートを取って、毎日復習して、毎日必ず実習の最後に阿部さんを質問攻めにした。さぞ暑苦しい学生だったことだろう。それなのに、阿部さんは、ちっともいやがらず、とてもていねいに答えてくれた。亜季はその間、ちょっと離れたところで、私と阿部さんの質疑応答が終わるのを辛抱強く待ってくれていた。

六日目、最後の実習を終えて、私の阿部さんへの質問はたったひとつだった。

——どうしたら学芸員になれるのですか？

阿部さんの答えは、とてもシンプルだった。

——学芸員になるのはなかなか「狭き門」だけど、夢はあきらめたらそこでおしまい。だから、もしも、学芸員になることがいまのあなたの夢なら、とにかくあきらめないこと。それしかないと思います。

阿部さんの言葉は、まっすぐに私の胸に響いた。けれど、就職活動が始まってすぐ、それは空しいこだまになって消え果てた。

亜季は早々と都内の大手出版社に就職を決めた。お父さんのコネかお母さんの口利きがあったんじゃない、と友人たちはやっかんでいたが、私はそうは思わなかった。亜季はとても魅力的だし、人見知りもしないし、きっと仕事だってそつなくこなすはずだ。人事の担当者は毎年たくさんの学生を面接しているから、優秀なだけでなく、そういうオーラを放つ学生はすぐにわかるのだろう。

そんな亜季は、なかなか就職が決まらずにじりじりと焦《じ》れる私をただなぐさめるだけでなく、できる限り有効かつ本音のアドバイスをしてくれた。

「結局さあ。どっこも決まらなかったら、アルバイトでつなぎながら就職浪人するしかないよ。でも、今年ダメで来年オッケーってとこがあるかといえば……」

「ない」と亜季に言われるまでもなく、私は自分で断言した。

「そ。ない」亜季がだめ押しをした。私は大きなため息をついた。

「大企業ばっかりじゃなくて小さいとこも受けてるよ。でも決まらないんだよ。なんでだろう。ほんと、なんでかな？」

私は半べそをかいていたんじゃないだろうか。亜季が「そんな顔しないでよ、幸運が逃げるよ」と苦笑した。

「とっくに逃げられてるよ」

自暴自棄になって、私は言い捨てた。ほんとうに泣きたかった。

うちは母子家庭だったが、そのこと自体をうらめしく思ったことは一度もない。母はせっせとお好み焼きの店「広さん」で働いて私の学費と生活費を捻出し、大将の広さんに借金を頼み込んで大学の入学金を工面し、なけなしの貯金を全部はたいて東京への引っ越し費用を作ってくれた。

私は賃料月三万円の学生専用のアパートに入居し、スーパーのレジ係と喫茶店のウェイトレスのアルバイトを掛け持ちして、母からの月五万円の仕送りと合わせて、節約しながらなんとか三年半を過ごしてきた。もちろん奨学金はもらったけど、すべて学費に充てた。

お金のことではずいぶん母に苦労をかけたし、自分も苦労をした。だから、できるだけ安定した会社に就職し、母に楽をさせてあげたかった。就職後には広さんからの借金は自分で返すと母に約束していた。それに、奨学金も返済しなければならなかった。とにかく、私には、すでに背負っているものが色々あったのだ。

数撃ち作戦で、あらゆる一部上場企業にエントリーした。当時はインターネットがようやく一般的になってきた頃だったが、私は自分のパソコンなど持っているはずもなく、ネットでエントリーなんてできなかった。だから、資料請求して履歴書を郵送するのが基本。手が腱鞘炎になるんじゃないかというほど、書いて書いて書きまくった。でも、返事をもらえたところはほとんどなかった。

少し小さめの企業にもエントリーした。会社訪問くらいはできた。でもやっぱり、入社試験を受けるところまでいけるのはほんの二、三社。面接までいったのはゼロ。全滅だった。

「何が悪いのかなあ。顔かなあ、頭かな。そのどっちもかな」

なおも自虐的に私はボヤいた。亜季は半分呆れて、

「そんなことないってば。ただ、あれかな。夏花んちってさ、お母さんだけでしょ」

と、何気なく言った。

私は、たちまち自分の顔が強《こわ》ばるのを感じた。亜季は、「あ。でもま、そこんとこは別に関係ないよね」とすぐに前言撤回した。

「ね、夏花の内定出たら、広島に遊びに行っていいんだよね。あたし、広島って修学旅行で行っただけだから、すっごく楽しみ」

ふたりとも就職先が決まったら、秋の連休を使って国内旅行をしようと決めていた。広島、山口あたりへ行こうと亜季が言い出して、早速ガイドブックを買い集めて旅行の計画を立て始めた。正直、私のほうは旅行の計画どころではなかった。

亜季が心底うらやましかった。それまでに、そんな感情を抱いたことはなかったけれど、初めて「ねたましい」と思った。

すてきな両親がいて、東京に実家があって、何不自由なく育って、彼氏がいて、おしゃれで、スマートで、明るくて、とっくに内定もらってて。私がもっていないもののすべてをもっている亜季。亜季にはなくて、私がもっているものって、なんだろう。学芸員になる夢――くらいだろうか。

だけど、その夢すら、とっくにあきらめてしまったのだ、私は。

＊

その年の八月六日、朝。

「ああっ、しまった！」

東京の外れにある小さな製造会社の面接に向かう電車の中で、つり革につかまって『面接に成功するコツ読本』を片手で広げていた私は、突然大声を出してしまった。

車内の視線がいっせいにこっちを向いた。私はあわてて首をすくめた。平静を装ったつもりだったが、心臓が胸から転がり落ちそうなほどバクバクして、気が動転してしまった。

八月六日は母と私にとって、とてもとても大切な日。広島の「原爆の日」であり、母が私を産んだ日。つまり、私の誕生日。

毎年欠かさず、朝、母と私は平和記念公園へ出向き、原爆死没者慰霊碑に向かって手を合わせた。

私が生まれたのは、三十二回目の原爆の日。母が二十二歳のときのことだ。

ものごころがついてからは、この日が自分の誕生日であることに複雑な思いでいた。喜んではいけないような気がした。けれど、毎年、母は、慰霊碑への祈りを済ますと、にこっと笑って私に言った。

――夏花、お誕生日おめでとう。生まれてきてくれて、ほんまに、ありがとう。

そして、その日ばかりは夜更かしして、私は母の帰りを待ちわびた。いつも「広さん」のお好み焼きと特大のショートケーキを持って帰ってきてくれたから。

大学生になって上京してからも、この日は広島で迎えた。二十歳の誕生日は、「広さん」で初めてビールで乾杯した。お好み焼きとビール、合わせるとこんなにおいしいとは！　とすっかりビール党になってしまった。

残念ながら、好きな人と迎えたことはまだ一度もなかった。それでも、底抜けに明るい母と、「広さん」の仲間たちと、帰省中の友人たちと一緒に迎える誕生日は、楽しく、うれしく、幸せだった。

それなのに――。

就職が決まらない、と私は毎週母に電話してぼやいていた。母が月に一度送ってくれる仕送りの現金書留の中に必ずテレホンカードと翌月の勤務のシフト表が入っていた。それを確認して、母が休みの日には必ず電話をした。東京と広島をつなぐ電話は瞬く間にカードの残数が減ってしまう。だから長話はできなかったけど、早く就職先を決めたい、だから夏休みもそれが決まるまで帰れないと、早口で母に告げた。母は、ふんふん、とひと通り私のぼやきを聞いてから、決まって明るく言うのだった。

——焦りんさんな、そのうち決まるけん。大丈夫じゃて。

そう言われると、そうかなあ、とほんの少し安心するのと同時に、お母さんにはわからんよ、就職活動したことないんじゃけえ、と反発する気持ちも頭をもたげるのだった。

……にしても。

必死に就職活動をするあまり、自分の誕生日のことなんかすっかり忘れていた。母も遠慮したのか、つい三日まえの電話では、「帰っておいで」とはひと言も言わなかった。

——大事な日なのに。何やっとるんじゃろ、あたし。

その日の面接は上の空だった。一礼をして面接室を出たとき、もうだめだ、と泣き出しそうになった。たまらなくなって、そのまま、東京駅へ向かった。

毎月五日に支給されるアルバイト代が銀行口座に入っていた。それを引き出して片道の学割切符を買い、広島行きの新幹線に乗り込んだ。車窓を流れゆく風景は、高層ビルの森から青々とした稲田に移り変わっていく。頭の中は空っぽで、そよとも風は吹き抜けなかった。

広島駅の改札を出ると、いっぱいの茜空が私を迎えてくれた。お正月に帰省して以来、七ヶ月ぶりのふるさとだった。

広島にとって特別なこの日、おごそかな空気が街を満たしていると感じるのは、私ばかりではないはずだ。広島に暮らす多くの人たちが、この夏のいちにちの濃い空気を共有しているのだ。私は子供の頃からこの日の空気を敏感に感じ取って、なんとなく背筋が伸びる気持ちがしたものだ。そして、私の母は、いつもこの日を母娘ふたり、無事に迎えられたことを喜ぶのだ。

私はまっすぐに「広さん」へ向かった。店は広島市の中心地にある繁華街・新天地にある。夕方六時の開店前には行列ができ、夜八時過ぎまで行列が途切れることはない。その日もすでに十人ほどが店のまえに列を作っていた。

中学生になってからは、よっぽどのことがない限り勤務中の母を訪ねることはなかったが、誕生日だけは特別で、閉店間際にのれんをくぐった。すると、待ち構えていたように、母が、ほい来た！　と笑顔を投げてくる。そのボールはすとんとまっすぐに私の胸のミットに収まった。続いて広さんが、なっちゃん、お誕生日おめでとう！　と叫び、ハッピー・バースデー！　とスタッフ全員、声を合わせて、拍手で出迎えてくれるのだった。私は照れくさく、でもうれしく、肩をすくめて、いっぱいの笑顔の中へ入っていく。それが私の誕生日のいつもの風景だった。

私は行列の最後尾に並んだ。暑い夏のいちにちの終わり、宵風がのれんをかすかに揺らしている。のれんの中からはなつかしい熱気があふれ出ていた。

三十分ほどして、私はようやく入り口のまえに立った。のれんの隙間から店内の様子がうかがえる。長いカウンター席、奥にテーブル席がある。お客さんたちはビールを酌み交わし、お好み焼きをつついている。おいしそうな顔、楽しそうな顔。はじける笑顔。どの顔も幸せそうだ。

カウンターの中では、大将の広さんがどんどんお好み焼きを焼いている。そしてその隣の母。焼きあがったお好み焼きを次々にお皿に載せ、鉄板をきれいにし、具材を準備する。「はい、一番さん上がり！」「はいよ、一番さん！」と、広さんとの掛け合いもテンポよく、てきぱきと立ち回っている。

母は色黒で頬骨がくっきり、化粧っ気もゼロ。全然美人じゃない。よれたシャツは汗だくで、貧相な体に張り付いている。遠目に見ると、まるでおっさんみたいだ。それでも、母の笑顔は不思議にまぶしかった。

どうしてだろう、ふいに涙がこみ上げた。私のまえに並んでいた人がのれんをくぐったとき、私はくるりと向きを変えて走り出した。

色とりどりのネオンがともる小路を走りながら、涙があふれて止まらなくなった。子供のようにしゃくりあげ、腕で顔をごしごしこすって、涙と汗でメイクが落ちてしまった。

通りすがりの酔っ払いが「お嬢ちゃん、何泣いとるん？」と声をかけてきた。「うるさい！」とどなり返すと、「おお、こわっ」とビビられてしまった。

生ぬるい夜の街をふらふらと歩き回った。のどが渇いて仕方がなかった。がらんとしてひまそうな居酒屋をみつけて、入ってみた。生まれて初めてひとりで居酒屋に入り、生まれて初めてひとりで生ビールを注文した。

乾杯、と声には出さずに、ごきゅごきゅとのどを鳴らして飲んだ。そこでようやく落ち着いた。

持ち合わせがあまりないことを思い出して、枝豆ひと皿だけ、注文した。それをつまみに、一杯限りの生ビールをちびりちびりと減らしていく。店内のテレビをぼんやりと眺めるうちに、はたと思い出した。

――明日、面接入ってたんじゃなかったっけ。

ここに入社できたらいいな、とかすかに期待を募らせていた広告プロダクションの面接。あわててバッグの中から手帳を取り出して、スケジュールを確認した。――八月七日、午前十時、赤坂見附で面接……！

「ああ、もうだめだぁっ」

思わず叫んで、自分で自分の頭をぽかぽか叩いた。もうだめだ、もうだめだ、だめだだめだだめだ、あたしのばかばかばかばか、ばかッ。ぽかぽかぽかぽかぽか、ぽかッ。

「あの……お冷《ひや》、お持ちしました」

顔を上げると、私と同い年くらいのバイトらしき女の子が立っていた。彼女はにこっと笑いかけて、氷水のコップをテーブルに置いていった。私はそれを一気に飲み干して、息を放った。

——どうしよう。馬鹿じゃな、あたし。

やっと乾いた涙が、またもやじわりとこみ上げてきた。さっきの女の子が少し離れたところからこっちを見ているのを感じて、私はテーブルの上に視線を落とした。

閉じた手帳の表紙がぼんやりとにじんで見えた。表紙には有名な画家の絵がカラーで印刷されてあった。——フィンセント・ファン・ゴッホが描いた夏の庭の絵。

手帳は去年の冬休み直前、クリスマス・プレゼントにと亜季が贈ってくれたものだった。見返しの余白にはメッセージが書き込まれている。すんなりときれいな、亜季そのもののような字で。

〈メリー・クリスマス　この手帳をみつけたとき、なんだか夏花っぽいなと思って買いました。就職活動手帳に使ってね。がんばって就職活動、乗り切ろう〉

「乗り切れないよ、もう……」

今度は声に出して、そうつぶやいた。ぽつんと涙のしずくが手帳の見返しの上に落ちた。

そこに書かれていたのは、表紙の絵のクレジット。

〈ドービニーの庭〉フィンセント・ファン・ゴッホ　一八九〇年　ひろしま美術館所蔵

私は手の甲で涙をぬぐって、そのクレジットをみつめた。たった一行を、何度もなんども、繰り返し読んだ。

——ひろしま美術館。

広島県庁の近く、基町《もとまち》にある私立美術館だ。知ってはいたが、行ったことはなかった。

私は手帳を閉じて、表紙の絵をまじまじと見直した。

〈ドービニーの庭〉

こんもりと生い茂った木々、みずみずしい緑におおわれた庭。真ん中には白ばらの茂みがあり、さわやかな大輪の花が咲き誇っている。遠景にある洋館の屋根も緑色で、草木の色に呼応している。空は少しさびしげな水色をたたえて静まり返っている。

誰もいない真昼、けれど庭のそここに生命の営みがある。力強くまばゆく、光に満ちた夏の庭の風景——。

「ラスト・オーダーになりますが、追加のご注文はよろしいでしょうか」

声をかけられて、はっと我に返った。

さっきの女の子が、さっきと同じように立っている。私は、「あ、大丈夫です。お勘定を」と急いで言った。

胸がどきどきしていた。まるで、〈ドービニーの庭〉に一瞬迷い込んでしまったような気がしていた。

こんな小さな印刷の絵に、しかもいつも見ていたはずの手帳の表紙絵なのに、いきなり引き込まれてしまった。ほんものを見たら、どれほど引きずり込まれるだろう――と思った。

財布を取り出し、開けてみて、ぎょっとした。千円くらい入っていると思ったのに、五百円も入っていなかった。勘定書を見ると、七百円だった。

「あの、公衆電話ありますか」

女の子に訊くと、「こちらへどうぞ」と、店の奥へ連れていかれた。そこには住居の茶の間のような雑然とした小部屋があった。女の子は少し照れくさそうな笑みを浮かべて、

「ここ、うちなんですけど。そこに電話があるけん、上がって、使うてください」

どうやらそこは店舗兼住居で、彼女はその店を経営する一家の一員のようだった。部屋の片隅の座布団の上に黒電話が鎮座していた。私はありがたくそれを使わせてもらった。ジーコ、ジーコとダイヤルを回す。トゥルル、トゥルルと呼び出し音。

『はぁい、こんばんは、広さんでーす』

すぐに母の声が響いてきた。私は一瞬、口ごもったが、

「お母さん、あたし。……いま、袋町《ふくろまち》らへんの居酒屋にいるんじゃけど。お金、なくて」

正直に告げた。我ながら、情けない声が出てしまった。

十分後、母が居酒屋に現れた。代金を支払って、女の子と店長――女の子のお父さんであると最後に判明した――に、何度も頭を下げ、お礼を言った。私も一緒に頭を下げた。

「いいえいいえ、なんもなんも、電話くらいなんてことないです、また一緒に来てつかあさい」

太っちょのお父さんはにこにこ、えびすさんのような顔でそう返した。私は恥ずかしくて女の子と目を合わせられなかった。が、最後に彼女に向かって言った。

「ほんまに、ありがとう。助かりました」

女の子は、やっぱりにこっとして、

「また来てください。お母さんと」

そう言ってくれた。まるで、ずっと昔からの友だちみたいに。

*

母と私、ふたり並んで、袋町の広電停留所に佇《たたず》んでいた。

「もっと早う電話くれたらえかったんじゃが。帰ってきとるって」

突然帰ってきた娘に向かって、母が小言の口調で言った。「ごめん」と私は、ひょこんと頭を下げた。

「今日が八月六日ってこと、会社の面接に行く途中で思い出して……それで、急に帰ってきてしもうたんよ」

母にほんのり責められて、私はこれで四度目、泣きたくなった。母は、ふふっと笑って、

「まあ、ええが。こうしてあんたの顔、ひさしぶりに見られたんじゃけ、よかったわ」

そして、私の肩をぽんと叩いた。

「なかなか似合うとるが。リクルートスーツ、言うんじゃったっけ？」

「ああ、これ？　安物の一張羅じゃけどな……」

と言ってしまってから、気がついた。春先に「就職活動のためのスーツ買いんさい」と母が送ってくれたお金で買ったのだった。

母は、ふふふ、とまた笑った。

「安物でも一張羅でも、よう似合うとる」

ネオンの合間を縫って広電が近づいてきた。母が先に、私が後に、乗り込んだ。ちんちん、と発車のベルが鳴り響いて、電車はすぐに出発した。

私たちは、しばらくのあいだ、無言で電車に揺られていた。半分開いた車窓から気持ちのいい夜風が吹き込んできた。県庁の近くを過ぎたとき、私は、あっと声を上げた。

「どうしたん？」

母が不思議そうな顔をした。

「――ひろしま美術館！」

私は大きな声で言った。

うっそうと木が生い茂る公園のそばを、がたん、ごとん、電車が加速して通り過ぎる。その公園の中にひろしま美術館があると、行ったことはなくても知っていた。車窓の外で公園が遠ざかるのを見送るようにして、母がつぶやいた。

「ああ、そうじゃったね。あそこの美術館、むかーし、あんたを連れていったなあ」

思いがけないひと言に、私は母の横顔を見た。

「え……ほんまに？　いつ？」

「そうじゃなあ。……あんたを抱っこして行ったけぇ、二十年くらいまえのことじゃろうか」

私が二歳になった頃のこと、ある日、広さんが唐突に美術館の入場券を母に手渡したのだという。

――これ、お客さんにもろうたんじゃけど、たまには奈津ちゃんも気分転換に絵でも見てきたらええ。

生まれてこのかた、美術館になど一度も足を踏み入れたことのなかった母は、すっかり戸惑ってしまった。

興味がなくはない。いや、一度でいいから行ってみたい。でも、美術館って、私なんかが行ってもいいんだろうか。行くとしても、何を着ていけばいいんだろう。それに、小さな子供がいる。連れていっても、迷惑じゃないだろうか。

悩みに悩んだ末に、母は、思い切って公衆電話から美術館に電話をかけた。

――あの、小さな子供がいるんですけど、連れていってもご迷惑じゃありませんでしょうか。

すると、電話に出た女性が答えて言った。

――どうぞどうぞ、一緒に来てつかあさい。小さかろうと大きかろうと、美術館に入ったらいけん子供さんはひとりもおりません。

「ほんでなあ。お母さんは一張羅のワンピースにアイロンをあてて、あんたにもいちばんいい子供服を着せてな。こんなふうに路面電車に乗って、行った……」

そこまで言ってから、「あ、そうそう。思い出した」とうれしそうな声になった。

「二十年まえの、今日。あんたの二歳の誕生日じゃった」

二十年まえの、八月六日。

二十四歳の母は、二歳になった私を抱いて、生まれて初めて美術館に行った。

静まり返った水の底のような展示室は、清々《すがすが》しい気に満ちみちていた。母に抱かれた私は、泣かず騒がず、ただじっと、生まれて初めて本物の絵に向き合い、みつめていたという。

母にとっても、生まれて初めて見る名画の数々。その中に、きっとあの絵――〈ドービニーの庭〉もあったはずだった。

そして、あの絵のまえで、母と私は、ひとしく赤ん坊だった。ひとしく無垢なまなざしを、初めて見る世界に向けていた。

「なあ……お母さん。お願いがあるんじゃけど」

ほとんど聞き取れないような小声で私は言ってみた。色黒のやせた横顔がこっちを向いた。どんなに小さな声でも、どんなに遠くでささやいても、母は決して私の声を聞き逃さなかった。

「明日、休みじゃろ？」

母は、うなずいた。

「あのさ。一緒に行かん？……美術館に」

がたん、ごとん、母は体を揺らしながら、じっと私の目をみつめると、もうひとつ、うなずいた。そして、言った。

「ほしたらな、夏花。どれでも好きな絵、ひとつ、選んでええよ。プレゼントにあげるから」

母の目が、いたずらっぽく微笑んだ。

＊

街じゅうでアブラゼミの声がわんわんと響き渡っている。

今年もまた、私は、この街で八月六日を迎えた。四十一回目。平穏無事で平和ないちにちを。

あの頃の私は、未来の私がこの日を過ごしている場所を、まったく想像できなかった。

私がいまいる場所。広島市内のとある美術館の入り口にある小さなカウンター。入場券の販売と「もぎり」を兼ねた受付である。

去年、総務事務として長年勤めた車の部品のメーカーを退職し、この美術館の受付の求人に応募した。そして、嘱託で働き始めたのだ。

美術館の職員募集を市報で目にしたとき、ひさしぶりに胸がときめいた。応募してみようか、どうしよう、夏里の高校進学も控えているのに、正社員から嘱託に変わるのはいけんじゃろ？　と自問自答した。

悩んだ末に、やっぱり母に相談した。母は、何も言わずに、ぽん、と肩を叩いてうなずいた。それで、思い切って応募した。結果は、採用。躍り上がって喜んだ。

――就職先、決まらんのじゃったら、帰ってきたらええが。

二十二歳の誕生日。あの夜、母は私に言った。

――だって、ここがあんたのふるさとなんじゃけぇ。

美術館の受付カウンターの中、手元のデジタル時計に「16：28」と表示されている。美術館の最終入場時間は午後四時三十分だ。

今日はデパ地下の食料品売り場で買い物をして、夏里と一緒に、いつもよりちょっと気取ったメニューの料理を作り、母の帰りを待って、婆母子、三人揃って毎年恒例、私の誕生日会をすることになっている。

さて、そろそろ片付けに入ろうかと、立ち上がったそのとき。

入り口のドアが開いて、黒いつば広の帽子にサングラスをかけた女性がさっと入ってきた。一瞬、あざやかな風が吹いたようだった。私は座り直すと、「いらっしゃいませ」とにこやかに彼女を迎え入れた。

「すみません。大人一枚、お願いします」

肩で息をつきながら、彼女が言った。念のため、私は尋ねた。

「閉館時間は五時となっておりますが、よろしいでしょうか」

「ええ、もちろん」

彼女は、きっぱりと答えた。

「今朝、出張で広島に来たんです。東京へ帰るまえに、どうしてもここへ来たくて」

彼女はそう答えた。そして、サングラスを外して私を見た。

――あ。

亜季だった。友は、ちょっとはにかんだ笑顔になった。

「ひさしぶり。一度、この日に広島で会いたかったんだよね」


ハッピー・バースデー。

窓辺の小鳥たち

秋の始まりを告げるように、夜半に雨が降り始めた。

ベッドに入ってからも、なかなか寝付かれず、何度も寝返りを打った。そのたびに、つま先をもぞもぞさせて、隣に横たわっている私の相方、小鳥遊《たかなし》音叉《おんさ》、通称なっしーの足首やかかとに触れてみる。身長が一九〇センチもあるなっしーの足先は、たいがい布団からはみ出している。それなのに、彼の足先は冷えることがなく、たとえ真冬でも、いつもカイロみたいにあったかい。

冷え性の私は、こうしてぬくぬくとなっしーの体にくっついて眠るのが日常の睡眠スタイルになっていた。真夏は暑苦しいと思うこともあったが、それでも彼の体温を隣に感じて眠る、その安堵感に勝るものはない。壊れた楽器のような豪快ないびきは、初めの頃こそうんざりしたが、こういう音色の楽器なんだ、ノイズミュージックなんだ、世界じゅうでただひとり私だけが聴くことができる私だけの眠りのBGMなんだ、などと自分に言い聞かせるうちに、不思議なもので、妙に愛着が湧いてきて、いまではこれがないと眠れないくらいだ。出張先でなかなか眠れなくて、そうだ今度なっしーのいびきをスマホで録音して持ってくればいいんだ、と思いついた。でも結局のところ、でっかい体と高めの体温といびき、この三点セットが揃っていないとだめなんだとわかっていたから、録音していなかったのだが。

そうだ、と私は、布団の中で目を開けた。録音しておこう、今夜がラストチャンスなんだから。なっしーのいびき。

枕元を手探りしてスマホのスイッチを押す。画面がふっと明るくなり、4：53と現在時刻が浮かび上がった。その数字をじっとみつめる。

なっしーのサンフランシスコ行きフライトは、十七時ちょうどの出発。ってことは、十二時間後には、なっしーは搭乗して、もうすぐ飛ぶ……ってところ。

私は？　私は何をしてるんだろう？

なっしーを見送りに成田まで行って、飛行機が飛び立つのをデッキで見届けて、ひとりさびしく空港を立ち去って、成田エクスプレスに乗って、誰もいないこの部屋に帰ってきて……このベッドに入って、スマホで録音したなっしーのいびきを、ポチッと再生するの？

「やだっ。やだやだやだ、そんなの、ぜったい、やだっ！」

声に出して言ってから、がばっと起き上がった。

なっしーを見ると、一ミリも動じずに、あいかわらず、グーッッ、ガーッッ。

「なっしー。ねえ、なっしー。ちょっと、起きてよ」

グーッツ、ガーッツ。

「起きてってば！」

耳もとで叫んだ。「ひゃっ！」とそこでようやく、なっしーが飛び起きた。

「何、なに？　え、遅刻？　ちこく？　え、おれ今日シフトだっけ？　あっ、やべ、店長に電話しなきゃ、電話でんわ……」

あわてて枕元のスマホを手に取った。ねぼけまなこで画面を見て、

「あれ？……おれもう、店辞めたんじゃね？」

そうつぶやいた。

「そうだよ」私は不機嫌な声を出した。

「『すかいぴーく』、七年間勤め上げたファミレス。おとといが最終日だったでしょ」

なっしーは、薄暗闇の中でぼんやりした目を私に向けた。

「そうだった。で、なんだっけ？」

「私の知らないあいだにせっせとお金を貯めて」

「うん」

「そのお金で語学留学するということで。そのあと、ギターの勉強のためにアルゼンチンくんだりまで行っちゃうとかで」

「うん」

「明日……じゃなくて、もう今日なんだ。サンフランシスコへ飛ぶの」

「はあ」

「ひとりで」

「ほお」

「私を置き去りにして」

「なるほど」

「……って納得してる場合じゃないでしょっ！」

私はなっしーに飛びついて押し倒した。ぎゃわっとなっしーは踏んづけられたネコみたいな声を上げた。私はなっしーのパジャマの襟ぐりを引っつかんで、「なんで、なんでよ、ねえ、なんで⁉」と揺さぶった。「うわっ、ちょっ、詩帆、なんだよ、急に……」となっしーは起き抜けにキレられて面食らっている。私は大きな体を揺さぶりながら、自分のほうがめまいがしてきた。

肩で息をしてベッドの上にへたり込んだ。なっしーは体勢を整えて、私の横であぐらをかいた。

「……行っちゃうの？」

しばらくして、私は小声で訊いた。なっしーはぐったりとうなだれている。

「ねえ、ほんとに行っちゃうの？　佐々木店長、困ってるんじゃないの？　最近外国人スタッフが増えちゃって、そんな中でなっしーがリーダーになってくれて助かるって言われたって、教えてくれたじゃない？　いまからでも遅くないよ、アメリカだかアルゼンチンだか、そんな地の果てに行くのやめて、もう一回、店に戻ったら？」

なっしーは顔を上げた。そして、ぼそっと答えた。

「……送別会もしてもらったし、餞別までもらったんだから、いまさらそんなことできないよ」

「できるよ。いまの世の中、人手不足なんだし。ここまできたら『すかいぴーく』で正社員になって、頂点まで上り詰めたら？　私も応援するから。ね」

ね、ね、と私は、小学生の男子を説得するように、なっしーのがっしりした肩をやさしくさすった。なっしーは黙りこくってうつむいていたが、やがてぽつりとつぶやいた。

「……詩帆に、背中を押してもらったからだよ」

はっとして、肩から手を離した。私のほうを向かずに、なっしーはもうひと言、言った。

「一生ファミレスで働き続けるの？　それが一生かけてやりたいことなの？　って、詩帆に言われて……おれ、このままじゃだめだなって、思ったんだ」

それから私は息を止めて、なっしーの話に聴き入った。

＊

それは、半年くらいまえのこと。ほんとうにひさしぶりに、平日の夜、うちごはんをしたときだった。

もともと料理が私よりもはるかにうまいなっしーは、根菜とえびの天ぷら、豚汁、さつまいものレモン煮、ごまとしょうがのご飯を用意して食卓をにぎやかに演出してくれた。私はご機嫌で、エプロンを外して席につこうとしたなっしーを捕まえて、ありがと、チュッ、とキスをした。なっしーは、図工の宿題をほめてもらった小学生の男子のように、肩をすくめて、うれしそうに笑った。

冷えた缶ビールで乾杯して、いただきまーす、豚汁、さつまいも、ん、おいしい、天ぷら、わ、さっくさくーと、次々料理に箸をつけ、ビール二本目をプシュッ、と開けたそのとき。

「おれ、『すかいぴーく』で正社員に推薦されることになったんだよ。店長が、いままでの働きを評価してくれて、店長会議のときに、本社の幹部に推してくれたみたいで……」

なっしーが言った。

彼は私と同郷の岡山出身で、地元の高校を卒業後、地元のＩＴ専門学校を出て、岡山市内のウェブ制作プロダクションでプログラマーとして働いてお金を貯め、東京へやって来た。最初はやはりウェブ制作プロダクションに就職したものの、激務のあまり疲れ果てて、まったく違う職種に就きたいと、ファミレス「すかいぴーく」で、パートタイムで働き始めた。

大きな体に合う制服がなく、特注のシャツを作ってもらって、襟元にちっちゃな蝶ネクタイを留めて、やっぱり朝から晩まで働いた。だけど、店長の佐々木さんにかわいがられ、頼りにされて、スタッフを束ね、やりがいを感じていたようだ。大きな体を折り曲げて「ご注文を復唱させていただきます。ホワイトショコラのふわっふわパンケーキがおひとつ、はちみつたっぷりいちごのキラキラシェークがおひとつ……」と、心のこもったていねいで一生懸命な接客が評判で、ご近所の老婦人からは「孫みたいでかわいい」と言われ、幼稚園児からは「すかいぴーくののっぽさん」と呼び親しまれ、気がつけば七年間もの長きにわたって、無遅刻無欠勤を貫いた。

だから、正社員に推薦された――というのは、彼にとってはうれしいことだったに違いない。

にもかかわらず、私は、実のところその話題にあまり関心をもてなかった。心のどこかに(正社員っていったって、しょせんファミレスでしょ）という思いがあったのだ、きっと。

ふうん、と私は、箸をせわしなく動かしながら返した。

「で、どうするの？　正社員になるの？」

なっしーは、「うん、まあ……」と少し言葉を濁しつつも、

「いまより給料上がるし、店長にもなれる可能性が出てくるし……ほかの店に配属されるかもしれないけど……」

と、まんざらでもなさそうだった。そして、

「何より、生活が安定するからさ。そうしたらさ、そうしたら……おれらの生活も安定するじゃない？　でさ、その……『新しい関係』に前進できるんじゃないかな？」

私は茶碗をテーブルに置いて、なっしーの目を見て訊いた。

「何それ？　新しい関係って？」

「だから」となっしーは、大きな顔を赤くして返した。

「おれら、高二のときから付き合ってるから、もう十五年になるだろ？　詩帆が大学時代はがんばって『遠距離』して、詩帆が卒業したときに、おれが岡山からこっちに引っ越してきて、一緒に住み始めて……もう十年近くだろ？　そろそろ、あれだよ、その、節目っていうのかな……詩帆も言ってたじゃん、お母さんがまだ結婚相手みつからないのかって、帰省するたびにうるさいんだって」

その通り、私となっしーはかくも長年の付き合いではあるものの、私は彼と暮らしている

ことを――いや、彼の存在自体を両親に打ち明けられずに過ごしていた。

私の父は県会議員で、保守を人間のかたちにしたような人だ。専業主婦の母はさらに口うるさく、私のスマホにお見合い相手の写真を送りつけるのが最近の日課のようになっている。私はきゅうくつな両親のもとから逃れたくて、東京の大学を受験した。文句を言われたくなかったから、超難関の国立大に挑戦した。そして合格した。さすがに両親は喜んで送り出してくれた。

私は要領よく勉強できるタイプだった。だから、難関大学に受かって、誰でも名前を知っている一流企業に就職する、ということが当面の目標だった。学者になりたいとか、専門家になりたいとか、将来起業したいとか、何かを極めたい、という具体的な夢があったわけではなかった。唯一の望みがあるとすれば、口うるさい両親のもとを離れて、東京で悠々と学生生活を送り、要領よく就活を乗り切ることだった。高校生のときから現実を見据えて進むタイプだったんだと思う。だからこそ、ロマンチストで、自分の夢をひそやかに胸に抱いているなっしーに惹かれたのかもしれない。

もし第一志望校に合格しなかったら、第二志望の地元の大学に行って、親には秘密でなっしーと付き合い続ける――というオプションを考えていた。なっしーと離ればなれになるのはさびしかった。だから、第一志望は落ちたほうがいいかも、そのほうがいいかもと思い始めていた矢先に、合格の知らせが届いたのだった。

第一志望に合格したんよ、と、うれしさとがっかりが半分半分の気持ちでなっしーに打ち明けると、なっしーは、おめでとう、さすが詩帆じゃな、もんげえが、と引きつった笑顔を作っていたが、そのうち決壊した。泣いて泣いて、詩帆がおらんようになったら、おれどうしたらええんじゃと、それはもう豪快に、男泣きに泣いた。

私ももちろん泣いた。私たちは離れがたい思いで、その日、初めてラブホテルに行った。付き合って一年半、まだキスしかしたことがなかった。お互い初めてだったから、ちゃんとできなかったけれど、とにかくふたり、気持ちを確かめ合った。なっしーはぎこちない腕枕をしながら、遠距離で続けよう、詩帆が大学卒業したら迎えに行くけ、とささやいた。

――大事なことじゃから、なかなか口にできんかったけど……おれ、詩帆が好きじゃ。おれには詩帆だけじゃけ。

その言葉に、私はすっかり捕まってしまったのだ。

約束通り、私が大学を卒業するのと同時に、なっしーは東京へやって来た。私は親には内緒でなっしーと同居を始めた。もう岡山に帰らなくってもええんじゃな、夢みたいじゃな、夢じゃねえんじゃな、な、な？　と、なっしーは、それはもううれしそうだった。

彼は私と結婚するつもりでいた。私もなっしーのことをとても好きだった。けれど私は大手広告代理店に就職したばかりで、すぐ結婚、というわけにはいかなかった。もう少し待って、職場に慣れるまで。あともう少し、配属が変わるまで。もうちょっと、役職がつくまで――と、気がついたら九年も経ってしまっていた。

なっしーは、自分がアルバイトのうちはダメだけど正社員になったら結婚しよう――と言いたかったのだろう。でもぎくしゃくと、安定だの、節目だの、親にうるさく言われてるんだろ、だの、あれこれ遠回しに言うばかりで、肝心のひと言を言ってくれなかった。が、ひょっとすると私は、肝心のひと言を言わせない雰囲気を醸し出していたのかもしれない。なっしーのことはもちろん好きだけど、結婚というのとはちょっと違う――と、心のどこかで、この九年間、距離を置き続けてきた気がする。

私はなっしーが好きだった。にもかかわらず、親にも、会社の同僚にも紹介したことはなかった。学生時代の友人の何人かは知っていて、一途に私を思って東京まで追っかけてきた彼の健気さに「そんな人いまどきいないよ」と感心していた。私だってそう思う。こんな人、ほかにはいない。一生、一緒にいてもいい。だったら、たとえ親に反対されたって、結婚すればいいじゃないか。けれど、そういう気持ちにはどうしてもなれなかった。

「あのね。正社員っていうけど……一生ファミレスで働き続けるの？」

なっしーの手料理をすっかり平らげてから、私はおもむろに尋ねた。

「それが一生かけてやりたいことなの？」

質問を投げかけたとたん、なっしーの顔いっぱいに広がっていた光に影が差した。彼は、すぐには答えられなかった。何かもごもごとつぶやいたが、それきり口ごもってしまった。

そして——なっしーの背後、ダイニングの片隅の定位置に、黒いギターケースがひっそりと静まり返って鎮座しているのを視界の端にとらえながら、私はさらに言ったのだ。

「一生かけてやりたかったことって、ほんとはギターじゃなかったの？　あんなに夢中だったのに……最近、調弦もしてないでしょ？」

なっしーは押し黙ってしまった。そこ黙るところじゃないでしょ、と私は、心の中で彼をなじった。

一生かけてやりたいこと、それをはっきり言えない人とは結婚なんてできないと、私はなっしーと結婚しない理由を彼の態度にみつけたのだった。

*

ギターケースは、初めて会ったとき、なっしーにぴったり寄り添っていた。まるで立体的な影のように。

私は岡山市内の女子校二年生、十六歳だった。夏休みの始まり、中学時代の同窓生の難波君が、みんなでカラオケに行こうと誘ってきた。それまでも友だち何人かと一緒にカラオケに行ったりカフェに行ったりして、ときどき遊びに行く仲だった難波君が、私になんとなく好意をもっていることには気づいていた。私もなんとなく好意をもっていた。ほんとうはふたりで会いたいような気がしたが、次くらいかな、と期待しつつ、うっすらメイクして、お気に入りのノースリーブのワンピースを着て、友人女子ふたりと連れだって出かけていった。

そして、待ち合わせの場所に現れた難波君の後ろにいたのが、なっしーだった。

友人女子ふたりは、まずその背の高さにすっかり驚かされていたが、私は違った。彼のかたわらにちょこんと寄り添っているギターケース、その不思議なバランスに引きつけられた。

なっしーは引っ込み思案なのか、カフェに行っても、はにかんだように笑うばかりで、あまりしゃべろうとしなかった。こいつデカいくせに、なんか、ちっちぇーやつなんよ、と難波君が茶化して、みんな笑った。なっしーも笑っていた。でも私はあんまり笑えなかった。なっしーが心から笑っていないとわかったから。カラオケに行っても、難波君の歌いたい曲を入れる役回りで、結局自分は最後まで一曲も歌わなかった。

別れ際にメールアドレスの交換をした。私はなっしーの本名を尋ねた。ところが「なっしーです」と言うばかりで、結局教えてくれなかった。

ＳＮＳの彼のページをのぞいてみると、アコースティックギターを弾いている外国人のおじいさんが壁紙になっていた。私はまったく知らない人だったが、有名なギタープレイヤーに違いなかった。投稿しているのはギター関係の情報ばかり。自分のことは何ひとつ投稿していない。ギターが好きなんだな、とよくわかった。みんなで会っているときも、ギターケースをかたときもそばから離さなかった。まるで自分の影を自分の意思で引き離すことができないみたいに。

難波君から『今度ふたりで会わん？』とメールがきた。それには返信せず、私はなっしーにメールを送った。

『今度会いませんか？　ギターのこと、教えてください』

すぐに返事がきた。

『ギターのことって言ってくれてありがとうございます。うれしいです』

生真面目な文面に、思わず頬がゆるんだ。

初めて会ったときにみんなで行ったカフェで待ち合わせをした。

なっしーはずいぶん早くから私を待っていたようだった。注文はせずに、水のグラスが空っぽになっているのを見て、そうとわかった。彼に寄り添って、やっぱりちょこんとギターがかたわらにあった。それを見て、私の頬は自然とゆるんだ。

なっしーはようやく本名を教えてくれた。小鳥遊音叉。「自分でもまぶしいくらいキラキラネームじゃから……」と、真っ赤になってしまった。完全に名前負けしてるし誰にも覚えてもらえないから、ちょっとだけ名前コンプレックスなんだと。でも実は「音叉」という名前をつけてくれたお父さんに感謝している、いつも大好きな音楽と一緒にいられる気がして。彼の話のひとつひとつに、私は微笑みながらうなずいていた。

中学三年のとき、東京や大阪のバスケ部やアメフト部の名門高校から推薦入学しないかと誘われた。学費免除というのに惹かれたが、自分は見た目に反して全然体育会系じゃないからと、すべて断った。名門校からの打診に期待していたらしいお父さんをがっかりさせるかと思ったが、お父さんは、できないことをできないとちゃんと言えたんなら、そのほうがずっとええで、となっしーの決断をほめてくれた。

なっしーは、幼い頃にお母さんを病気で亡くして、小学校の用務員を務めるお父さんに男手ひとつで育てられた。小学校一年生の頃から食事の支度を手伝って、お父さんのお弁当も作ってあげていたというから驚きだ。お父さんの休みの日にはギターを教えてもらい、中学生になる頃にはかなり弾けるようになっていたという。経済的事情からギター教室には通えなかったが、「父親のギターから全部教わった」と。それから「アタウアルパ・ユパンキにも」。SNSの壁紙のおじいさん、フォルクローレ・ギターの伝説のギタリストだそうだ。

「この人を自分のおじいさんじゃと思っとる」と言って、私を笑わせた。

私たちは、隣同士に座り、顔を寄せ合って、iPodでアタウアルパ・ユパンキの演奏を聴いた。ほのぼのと明るい朝焼けが胸いっぱいに広がった。

それから、私たちはちょくちょく会うようになった。なっしーと私、そしていつもギターケースが三人目の仲間だった。なっしーはとても引っ込み思案で、私との距離をなかなか縮めようとしない。もどかしかった。アタウアルパ・ユパンキの動画を見るときだけ、私たちの距離は一気に縮まった。ユパンキのギターの音色とともに、なっしーの体温をすぐ近くに感じて、私はなんだか切ない気分になった。

ギターを聴かせてよ、と頼んだが、なっしーはなかなか首を縦にふらなかった。

「ユパンキの演奏ばっかり聴いたあとに自分のギターは泣けるほど下手じゃけ」

どうにかこうにか言い逃れをする。

「そんなことないよ」と私。

「泣けるほど下手なら、泣かせてほしいよ」

そして、ついにそのときがきた。私の十七歳の誕生日に、一曲だけ聴いてほしい、とメールがきた。私は躍り上がって喜んだ。どこで聴かせてくれるの？　彼の家？　彼の部屋？　ってことは、それって、ふたりきりで……。

忘れもしない、その日。九月末の土曜日だった。なっしーと私は、倉敷駅で待ち合わせをした。彼は倉敷に住んでいると知っていたので、てっきり実家に連れていかれるものだと思い込んでいた私を、彼はまったく想像もしなかったところへ連れていった。

美観地区の柳の枝が水路の上で揺れていた。私たちが着いたのは、大原美術館だった。

「子供の頃から、こけえよう来たんじゃ」と、なっしーは、やっぱり照れくさそうに打ち明けた。

最初は、お父さんと元気だったお母さん、ふたりに連れられて。そのあとは、お父さんと何度か。中学生になってからは、ひとりで。両親以外の人と来たのは初めてだと言う。

「一緒に美術館に行こう、なんて、誘っても来てくれる友だち、おらんかったけ」

だけど、私を連れてきてくれたのだ。それがうれしかった。

チケット売り場で入場券を買った。財布を出そうとすると、「ええから」と、私の分も出してくれた。売り場の女性が、なっしーが携えているギターケースを見て、「大きなお荷物はこちらでお預かりします」と言った。かたときも離さない分身を、なっしーはすんなりと渡した。ここへ来るときはいつもそうなのだと教えてくれた。作品に当たったりしたらいけないから、美術館では大きな荷物は預かってもらうものらしい。そんなことも知ってるんだと、ちょっと感心した。

大原美術館には小学校の校外授業で来たことがあった。そのときは、友だちとひそひそ話に夢中になって、先生の解説もろくに聞かなかった。だけど、ひとつだけ、気になる絵があった。美しい色やかたちの絵がたくさん並んでいる中で、その絵はとても不思議な雰囲気を醸し出していた。不思議な雰囲気というか、なにこれ、という感じ。パブロ・ピカソの〈鳥籠〉という絵だった。

植物模様の青いクロスがかかったテーブルの上に、左手に女性の頭部の彫刻、右手に鳥かごがある。真ん中にはいびつな皿にオレンジかリンゴか、果物が載っている。テーブルの向こうは窓が開かれていて、うっすらと青くかすんだ空が見える。かごの中には鳥がいる。たぶん鳥だろう。題名が〈鳥籠〉なんだもの。だけどそれは鳥であって、鳥ではないような。鳥に似た何か……なんだろう？

美術館の中に入って、なっしーと私は、近寄ったり離れたり、一点一点、作品を眺めて、奥へ奥へと進んでいった。なっしーは、私に話しかけたり、説明したりはしなかった。それぞれが自由に絵に向き合う、その体験を共有している時間が、たまらなくいとおしく感じられた。

ピカソの〈鳥籠〉の前にたどり着いたとき、私は「あ」と声を漏らした。なっしーが振り向いた。

「どうしたん？」

すぐに私のとなりへ来てくれた。「この絵、気になっとったんよ」と私は小声で答えた。

「小学校の校外授業のときに見て、不思議な絵じゃな、って」

えっ、となっしーは意外そうな顔をした。

「おれも、初めて来たとき、この絵がいちばん引っかかった」

「え、ほんま？」

「うん。うまく言えんのじゃけど、引っかかるなって感じで、ずーっと見てしもうた」

私たちは、ちょっと手を伸ばせば指先が触れ合うくらい近くに佇んで、しばらく見入った。

鳥かごの中の鳥が、私には、やっぱり鳥に見えなかった。でも、口には出さなかった。

「この鳥なあ。かごの中にいるのと違うような気がする」

ふいになっしーがつぶやいた。私は、なっしーを見上げた。

「どういうこと？」

「うん。かごの向こうに窓があるじゃろ。鳥が飛んできて、たまたま、窓辺にとまった。それが、空っぽの鳥かごの向こうに、鳥かごを通して、見えてるだけ」

つまり、鳥は「かごの鳥」として飼われているんじゃなくて、自由に飛び回っているんじゃないか――と、なっしーは言った。

「すごい」と私はびっくりした。

「すごいよ、なっしー。それ、ピカソも気がつかなかったかも」

「そうじゃろか」

「うん、そうだよ」

私たちはくすくす笑い合った。気がつくと、いつのまにか、私たちは手と手を結び合っていた。なっしーの手は熱くほてっていた。その手の中で、私の手は、小鳥のように鼓動して、すべてをゆだねていた。

絵の中でどうしても鳥に見えなかったものが、急に、鳥に見えた。かごにとらわれているんじゃなくて、自由なのだとわかったその瞬間に。

私たちは、手をつないだままで、足取りも軽く美術館を後にした。

水路のほとりを笑い合いながらしばらく歩いていると、「ちょっと〜、すみませ〜ん！」と大声で呼ぶ声がする。振り向くと、チケット売り場の女性が、ギターケースを揺らして走ってきた。

「あ！」なっしーと私は、同時に声を上げた。ピカソの絵での発見が、そして私たちの距離が一気に近づいたのがうれしすぎて、大事な大事なギターをすっかり忘れてしまっていた。

「ユパンキにしかられるよ」

私に言われて、なっしーは自分の手で自分のほっぺたをぴしゃりと叩いた。私は声を上げて笑った。

次になっしーが私を連れていった場所は、アイビースクエアだった。倉敷紡績の工場跡地が、レンガ造りの建物を生かして、ホテルやレストランや広場に生まれ変わった場所だ。広々としたレンガの中庭に着くと、なっしーは、きょろきょろと辺りを見回して、片隅のベンチへと行き、そこでギターケースを開いた。飴色に光るギターが現れて、なっしーのたくましい腕に抱かれた。私は、彼のとなりに腰掛けた。

ポロロン、と軽く爪弾《つまび》いてから、

「えーと。この曲を、詩帆に捧げます。『恋する鳩の踊り』」

初めて耳にするなっしーの奏でるメロディ。秋風のように、雨音のように、私の心に静かに、やわらかく響き渡った。もちろん、ユパンキの音とは全然違う。もっと素朴で、荒削りで、だけど、気持ちがあふれていた。ギターへの、私への気持ちが。

聴き入るうちに、涙がこぼれた。ぬぐってもぬぐっても、新しい涙があふれた。最後のフレーズを奏で終わったあと、なっしーは、ギターではなくて、私の肩を抱いた。そしてささやいた。

――おれ、いつかギタリストになりたい。自分の曲を作って、詩帆にプレゼントするけ。そのときまで、待っててくれるかな？

なっしーと私、成田エクスプレスの座席に並んで座っている。

なっしーは窓辺に頬杖をついて、流れゆく風景を眺めている。私はずっとうつむいて、泣きはらしてあつぼったくなった目の周りにペットボトルを押し付けていた。

朝五時に起きて、ケンカ。というか、私が一方的にわあわあ文句を言っただけ。私に背中を押されたって言うけど、留学なんて思い切ったことするならなんでもっと計画的にしなかったんだ、とか、ほとんど英語もしゃべれないのにスペイン語まで習得しようだなんて何年かかるかわからない、とか、それからようやくアルゼンチンに行ってギターの勉強するなんてさらに何年かかるかわからない、とか。ものすごく取り乱して、ものすごく怒った。なっしーは、そのあいだじゅう、ただ黙って私の言うことのすべてを受け止めていた。

二時間後、私が騒ぎ疲れてぐったりしたところで、なっしーはそっと寝室を出ていった。

しばらくすると、いいにおいが鼻先をくすぐった。ダイニングへ行くと、エプロン姿のなっしーが、おはよう、とにっこり笑いかけた。テーブルの上には焼き魚、納豆、サラダ、味噌汁と炊きたてのご飯が準備され、湯気を立てていた。

朝食を済ませると、お腹も気持ちもようやく落ち着いた。私たちはそれぞれに洗濯をしたり、テレビを見たり、ベランダのプランターに水やりをしたりして、いつもの休日と同じように過ごした。

夜半に降っていた雨はすっかり上がっていた。私は、ベランダの手すりにもたれて、街並みの上にさわやかに広がる秋空を仰いだ。

明日のいま頃は、ひとりでこのベランダに立って、こうして空を見上げているんだな。

でも、この空は、なっしーが飛んでいく空なんだ。

涙がこぼれた。ぬぐってもぬぐっても、新しい涙があふれた。リビングにいるなっしーが、窓越しに私の後ろ姿をみつめている気がした。泣き顔をみられたくなくて、私は、ずうっとベランダの手すりにもたれて、顔を上げたまま泣き続けた。

空港でランチをしよう、ということになり、早めに家を出た。なっしーは、片手で大きなスーツケースを引いて、もう一方の手にギターケースを提げた。最近、私たちは一緒に過ごす時間がずいぶん少なくなってしまっていたが、なっしーはひとりのときにはずっとギターの練習をかかさずに続けていた。

彼は、ギタリストになる夢を捨てたわけでは決してなかった。彼は言った。大事なことだから、そう簡単に口に出せなかった。でも、ずっとずっと気持ちは変わっていなかった、と。

彼は、そういう人だったのだ。だからこそ、私は、この人を好きになったのだ。

電車がゆっくりと減速した。まもなく終点成田空港に到着いたします、とアナウンスが聞こえてきた。車内のあちこちで乗客が立ち上がり、降りる支度を始める。私は、小さく深呼吸して、顔を上げてなっしーのほうを向いた。

なっしーと目が合った。窓の外を眺めていると思っていたなっしーは、ずっと私をみつめていたようだ。私は急いで笑顔を作った。なっしーも、やさしく微笑んだ。

「いま、思い出してたことがあってさ」

なっしーが小声で言った。私は、笑顔を維持したままで「何を？」と訊き返した。

「付き合い始めた頃、詩帆の誕生日に……美術館に行っただろ。覚えてる？」

もちろん、忘れるはずもない。私は、うん、とうなずいた。

「覚えてるよ。ピカソの絵、見たよね。鳥かごの絵」

「そうそう。〈籠の鳥〉じゃなくて、〈鳥籠〉」

なっしーは、ふっと笑った。

「さっき、詩帆がベランダに立って、ずーっと空を見上げてただろ。それを窓越しに見てさ、あの絵を思い出したんだ。詩帆も、おれも、おんなじ。おれらは、かごの中にいるわけじゃない。自由に飛んでいけるんだ、って」

それから、日だまりのようなあたたかいまなざしを私に向けて、言った。

「おれ、きっと帰ってくる。あの窓辺に。——待っててくれるかな」

私は、もう一度、うなずいた。そのはずみで、涙がぽつんと膝の上に落ちた。

なっしーのごつい手が伸びて、私の手をそっと握った。

なっしーの手。あの絵のまえで、十七歳になったばかりの私の手を握ったなつかしい手。

彼の手の中で、あのとき、私の手は小鳥のように鼓動していた。

もうすぐ、自由になるふたつの手。それぞれに飛んで、もう一度、同じ窓辺に帰ろう。いつか、きっと。

檸檬

白いクロスのかかったテーブルを挟んで、同期入社の澤本静佳と私は、カフェのテラス席で向き合っていた。

私の紅茶は、口をつけないうちにすっかり冷めてしまった。私はティーカップの手前で両手を組み合わせて、自分の指先をみつめていた。桜色のネイルを。

入社したての頃、書類をめくる指先にも先輩の厳しい視線が集まると知って、桜色のネイルカラーを買い、寝るまえにせっせと塗り込んだ。岡島さんて、いっつもきれいなネイルしてるよね、と先輩に言われれば、単純にうれしかった。それがほめられているわけじゃないと気がつくまで、半年もかかってしまった。

「岡島さん、爪のお手入れする時間があるならもっと残業していけばいいのに、って陰口を言われてるよ。知ってる？」

澤本さんに、ある日「帰りにお茶していかない？」と誘われた。入社以来そんなことはまったくなかったのに、不思議に思ったが、案の定、テーブルに着いてすぐ、攻撃が始まった。

彼女はこう続けた。

「このさいだから言っとくけど、岡島さん、『炎上』してるよ。毎日手作り弁当で余裕のあるところ見せびらかしてる、とかさ。ほとんど毎日定時に上がって周りに仕事を押し付けてる、とか。ほかにも、いろいろ……」

凍りついている私をじろじろと見て、

「そうだ、このまえ脇の開いたノースリーブのブラウス、着てきたじゃない？ 袖ぐりからブラが見えてて、部内の視線釘付けだったたし。あれ、男子の目を引くためにやってんだよね、って、みんな言ってたよ。気づかなかった？」

どう答えたらいいかわからず、声も出せなかった。澤本さんは両腕を組んで、呆れたように言った。

「ほら、そういうとこ。岡島の薄いリアクション、超空気よまない、ムカつくって『炎上』してんの。私だって、こんなこと言うのいやだけど、いい加減にしないと、岡島さん、部内で居場所なくなるから、せめて同期としてひと言、忠告しといたほうがいいかなって思ったわけ。めっちゃいやな役だよ。わかってくれるよね？」

私は、あわててうなずいた。けれど、やっぱり何も言えなかった。澤本さんはため息をついて、いよいよ腹立たしげに、

「こんなこと言わせといて、ありがとうのひと言もないわけ？」

と声をとがらせた。そこで私はようやく声を絞り出した。

「……ありがとう」

澤本さんは、不機嫌顔のままで、

「じゃあ、私もう行くから」

会計の伝票をつかんで立ち上がった。私も立ち上がって「あ、私、払うよ」と手を出すと、

「いいよ。私が呼び出したんだから。じゃあね」

さっさと会計を済ませて行ってしまった。

ひとり取り残されて、テーブルの上に力なく並んでいる自分の手に視線を落とした。桜色の指先がにじんで見えた。

＊

もともと、地味な性格なんだと思う。

昔からそうだった。友だちの家に集まって一緒にゲームをしたり、おしゃれしてショッピングに出かけたり、誰かと一緒に何かをする、どこかへ行く、ということにあまり興味がなく、積極的ではなかった。友だちの輪の中へ入っていけず、ぽつんとひとり。それが別に苦しくもなかった。私には、私自身が創り出した「空想の友だち」がいたから。

私がいちばん好きだったこと、それは「お絵かき」。ノートでも教科書でも、白い余白があれば、そこにちょこちょこと絵を描く。マンガが大好きで、お気に入りのマンガのキャラクターを模写することで「お絵かき」が始まったのだ。

そのうちに模写ではなく、自分でキャラクター創りも始めた。いろんなキャラクターを創ったけど、いちばんのお気に入りは「モウさん」。私の夢をかなえてくれ、困ったときには助けてくれる気のいいおばさんのお手伝いさん五十五歳、という設定だ。

モウさんは、魔法のエプロンをつけていて、私がああしたい、こうしたいと願うと、エプロンのポケットから秘密の道具を取り出して、瞬間移動も、空を飛ぶのも、アイドルを振り向かせるのも、なんだってかなえてくれる。「ドラえもん」と被るところがあるキャラだったが、モウさんは、私のいちばんの友だちだった。

モウさんがいたから、学校で孤立しても、外へ出かけなくても、成績がふるわずに母にお小言を言われても、平気だった。モウさんは、私だけに聞こえる声で、いつでもこう言ってくれた。

——あーちゃんのすばらしさに誰も気づくことはできません。なぜなら、あーちゃんはすばらしすぎて、一周回ってフツウに見えるからです。

けれど、ワタクシにはわかっております。「あーちゃん」の「あー」は、「アーティスト」

の「アー」です。名前が「あかね」だから「あーちゃん」と呼ばれているわけではありません。あーちゃんはアーティストになる運命なのです。さあさ、どんどん、描きましょう。

モウさんの声に励まされて、私はせっせと絵を描いた。そのうちに、ストーリーマンガじみたものを描いてもみたが、どうもストーリーがうまく作れない。絵に集中したほうが、よっぽど描き込める。私のお絵かきは、ノートの余白からスケッチブックへ、そしてカンヴァスへ、少しずつ大きな画面へと移行していった。

そんなふうにして、私は自己流でアクリル画を描くようになった。先生は、もっぱらインターネットの動画サイト。直接教えてくれる誰かがいたわけではないけれど、動画サイトでじゅうぶんだった。画材の選び方から筆の運び方、構図の取り方まで、全部動画サイトで教えてもらえる。自分でも次第に上達するのがわかった。

中学三年になる頃には、自分で（天才かも）と思いかけた。モウさんの声がそれを助長した。――そうですよ、あーちゃん。あーちゃんは天才アーティストなのです！

ひまさえあれば自室に引きこもって絵を描き続けた。登校拒否をせずにかろうじて学校に行き続けたのは、モウさんに（あーちゃんは孤高のアーティストなのです、だから学校でも孤高の存在なのです）と励まされ続けたから。ただ、それだけだった。

ひたすら絵を描いていた私に、いつしか両親は腫れ物に触るように接するようになった。

母と顔を合わせるのは夕食のときくらい。会社勤めで帰宅の遅い父とは、ほとんど接点がなかった。申し訳ない気持ちもあったが、ひとりっ子の私を過保護に育ててきた親《あっち》が悪いと、むしろ心の中で両親をなじったりもした。

神奈川県下の高校の普通科にかろうじて進学し、美術部に入部した。そこで初めて油彩画に挑戦してみた。最初は油彩の技法になかなかなじめなかったが、一年上の男子、清川先輩が、ていねいに油彩画との付き合い方を教えてくれた。

清川先輩は美大志望で、中学生の頃から神奈川県主催の絵画コンクールに何度も入選するほどの高い技術力をもっていた。別にイケメンではなかったけれど、いつも明るくて、楽しくて、面倒見がよくて、部員は皆彼を慕っていた。

私も、そうだった。学校に行くのがいやでたまらなかったのに、人付き合いがあんなに苦手だったのに、毎日、登校するのが楽しみになってきた。相変わらず授業中は上の空だったし、クラスの中ではぽつんとひとりぼっちだった。だけど、退屈な授業をやり過ごせば部活の時間が待っている、清川先輩に会える。そう思っただけで胸がいっぱい、息が苦しくなるほどだった。

授業が終わったらいちばん乗りで部室へ行き、画材を準備して待った。先輩がやって来るのは二、三人部員が集まった頃で、すぐに私の制作途中の絵を見てくれ、いいなあ岡島さんの絵、とか、うん、いい感じで進んでる、筆が速いよね、とか、必ずほめてくれるのだった。私は照れ笑いするばかりだったが、うれしくて、耳まで熱くなったのを覚えている。あんなにしょっちゅう出てきては私を励ましてくれたモウさんは、その頃にはあまり出てこなくなっていた。

以前は、筆を手にすればすぐにひょっこり出てきて、いいですよその調子、あーちゃんはやっぱり天才です、あーちゃんすごいです、と盛んに応援してくれたのに、いつしか声が聞こえなくなっていて、そのことにすら私は気づかなかった。

私の心が向き合っていたのは、たったひとりの人。清川先輩だった。

先輩に見てもらいたくて、先輩にほめてもらいたくて、ひと筆ひと筆、動かしていた。そんなことを先輩が知るはずもない。それでも、言葉にはできない思いを、絵の具に、筆に込めて、先輩に向かって描いていた。ただ、ひたむきに。

十六歳の初秋、美術部顧問の先生に、県主催の絵画コンクールに応募してみないかと勧められた。考えたこともなかったので、戸惑ったが、部内では清川先輩だけが応募する予定だと聞かされて、やってみようかな、と思った。コンクール出品作の制作のために、先輩が長時間部室に残って描いていることを知っていた。

ふたりきりになれる。夕方になって、暗くなって、部室でずっとふたりきりに。——私は、コンクールに応募しようと決めた。

秋の夕暮れはまたたくまに宵闇を連れてきた。明かりを灯した人気のない部室が黒いサッシ窓の中にくっきりと浮かび上がっていた。窓の中で、先輩と私、ふたりきりで、黙々と絵筆を動かし続けていた。

先輩は窓際にイーゼルを立て、私から少し離れたところに座っていた。私は窓が正面に見える位置にイーゼルを立てた。先輩は、私の視界の中で、右斜め前、横向きの姿で見えていた。そうしようと打ち合わせたわけではないが、絵に集中できるように、顔を合わせないようにとの暗黙の了解があって、それぞれに位置を決めたのだった。

私からは先輩が何を描いているのか見えなかったが、何かを見ながら描いているわけではなかったので、抽象画に挑戦しているんだなと想像できた。私はといえば、初めてのコンクール挑戦ということで、画題が思いつかなくて、どうしようかと悩んでいたのだが、先輩が「初めてなんだし、静物画にしたら?」とアドバイスしてくれた。さすがにいまどき静物画はちょっと古臭いな、と思ったが、せっかく先輩が言ってくれたんだからと、そうすることにした。

私の前には、青いギンガムチェックのクロスをかけられたテーブルがあり、その上に皿、ボウル、水さしなどを載せ、いくつかのリンゴ、オレンジ、レモンを転がしていた。どういう構図で描くか、卓上のオブジェをちょこちょこと動かし、配置を決めて、下塗りをしたカンヴァスにまず下描きをし、少しずつ絵の具をのせていった。

部員たちは私たちに遠慮してか、あるいは部活自体に興味が失せたのか、ほとんど姿を見せなかった。だから、放課後の長い時間、先輩と私はふたりきりで、目を合わさず、会話を交わさず、ひたすらカンヴァスに向き合った。

視界の中に先輩がいる、その喜びに胸を震わせながら、私は絵筆を動かし続けた。先輩はいつも私が先に席を立つまで動かなかった。お先に失礼します、と会釈をすると、ようやく顔をこっちに向けて、お疲れさまです、と返してくれた。それがまたうれしくて、帰り道、電車に揺られながら、家に帰り着くまで、帰り着いても、ずっとぽかぽかと胸の中があたたかかった。

ふたりきりで制作を始めた頃から、先輩がほとんど私に声をかけなくなったこと、私のほうをちらりとも見なくなったことに気づいてはいたが、自分の作品に集中するためなんだと思い込んでいた。

あるとき、部室に来るのが少し遅くなってしまったことがあった。電気がついていたので、先輩が先に来ているとわかった。テレピン油のにおいがこもるので、部室の出入り口の引き戸はいつも開けっ放しだった。中に入ろうとして、私は足を止めた。

イーゼルに立てかけたままにしていた私の描きかけの絵の前に、先輩が佇んでいた。両手をポケットに突っ込んで、じっと画面をみつめている。右手をポケットの中でもぞもぞさせると、何か光るものを取り出した。それを目にして、私はぎょっとした。

先輩が握っていたのは、カッターナイフだった。親指がスライダーを上下させて、刃を出したり、入れたり、ジジジ、ジジジ、と鳴らしている。ふいにその刃がカンヴァスを鋭く切り裂く幻影が見えたようで、私の胸の鼓動は急に速くなった。

「失礼します」

私は思い切って声をかけた。振り向いた先輩の顔色がさっと変わった。私はどうにか笑顔を作って一礼をした。先輩は低く沈んだ声で、

「岡島さん、さすがだね。すげえ進んでる。おれなんか、全然なのに」

と言った。そして、そそくさと自分のイーゼルの前に行き、硬い表情で制作の準備を始めた。

そのとき初めて、先輩が仄暗《ほのぐら》い感情を私にもっていることを、私はかすかに感じたのだった。

そして、コンクール応募の締め切り期日が近づいたある日のこと。

部室で先に制作を始めていた私の背後に先輩がやって来て、どんな感じ？　と、肩にぽん

と手をのせた。

私はどきりとした。そんなふうに親しげにされたことがなかったので、どう応えたらいいかわからなくて、おどおどしてしまった。

先輩は私の肩越しに私の絵をじいっとみつめた。私はまたどきりとした。先輩のまなざしはいつもと何かが違っていた。

「あいかわらずうまいね」

先輩は、どことなくわざとらしくため息をついてから、こう続けた。

「でも、まえから気になってたんだけどさ……岡島さんの絵って、テクニックに走りすぎてんじゃない？　おれだったら、こうはしねぇな。特にこのレモン。この位置はかえってヤバいっしょ。ここにレモンがありますーって感じ。私を見て！　っていうか。まじ、ねぇな」

あからさまな批判に、私は戸惑った。いままでそんなふうに先輩に言われたことは一度もなかった。絵筆を握ったままで、どうしたらいいかわからず、ひたすらおどおどしていると、思いがけないことが起こった。

先輩が、突然、私の右手に右手を重ねた。私の胸から心臓が転がり落ちそうになった。先輩は、背後から私に覆いかぶさるようにして、力を込めて、絵筆を握ったままの私の右手をカンヴァスへと導いた。

背景に使っていた濃いグレーの絵の具が絵筆についていた。ぶるぶると震える筆先が、黄色いレモンのつややかな表面に落ちた。絵筆が画面をこする鈍い音がして、レモンの上に大きな「×」がつけられた。

「な？　ちょっと面白くね？　このほうが絶対いいっしょ」

耳もとで先輩の声がした。かすかな笑いを含んだ声が。

私は、先輩の手を振り払って立ち上がった。握っていた絵筆を床に投げつけると、鞄を引っつかんで部室を飛び出した。

そのまま、走った。駅まで。走りながら、涙があふれた。なんの涙だろう、わからなかった。

好きだった人に「×」をつけられた、レモン。――私の絵。

あの日を境に、私は絵筆を捨てた。そして、もう二度と握らなかった。

*

また、朝がきた。

望んでもいないのに、朝がくる。望んでもいないのに、朝がくるたび、目を開ける。

ベッドの上に仰向けに寝転んだまま、右手を目の前にかざしてみる。ゆうべ、寝るまえにすっかりカラーを落とした。

――「炎上」してるよ、いい加減にしないと……。同期の澤本さんの言葉が、ぐるぐる頭の中で回っている。

せわしないノックの音がして、ドアの向こうから母の声が聞こえてくる。

「あーちゃん、まだ寝てるの？　いいかげん起きなさい。お母さんもう出るからね。お弁当、テーブルの上に置いてあるからね」

父も母も都心の企業に勤めている。通勤電車がとてつもなく混むので、父は六時まえに、母は七時まえには自宅を出るのだ。私がこの春社会人になってからは、母は五時起きで自分と私のお弁当を作るようになった。

自宅の最寄り駅は小田急線の新百合ヶ丘。私が通っていた高校、大学は都心寄りの街にあり、会社は新宿にあった。だから、私にとっても満員電車に乗ることはとっくに日常化していた。

この街に建売住宅を買って家族で引っ越してきたのは、私が小学校に上がる直前のこと。以来、十七年間、父はここから都心へと通勤するために、毎朝六時まえには家を出て毎晩十時過ぎに帰宅する、そんな生活を送ってきた。私が高校に進学してからは、母も以前勤めていた会社の関連会社に再就職をして、せっせと通勤し続けている。

私も社会人になって通勤を始めたが、通学のときと比べると、通勤ラッシュは体が疲れるばかりか気持ちがささくれ立つ。呼吸困難になりそうなほどぎゅうぎゅうに詰め込まれて、ぶつかったり、ねじれたり、触られたりして、車内には不快な感情が逆巻いている。それでも、なんでこんな思いをしてまで通勤しているんだろう、などと考え始めたら負けになる。父も母も長年こんな大変な通勤を続けていたのかと、ようやく両親の苦労を実感した。気持ちを押し殺して、我慢し続けるほかはないのだ。

新百合ヶ丘の駅、新宿方面行きホームに私が到着するのは八時十分頃。通勤ラッシュのピーク時で、乗車待ちの人々があふれんばかりになっている。誰もが粛々とホームに整列している。出勤まえなのに、どの顔もすでに疲れ切って見える。その列の中に加わって、私は電車を待つ。

入社して半年。会社へ行かなければいけない、という義務感はとっくになくて、ただただ、会社にたどり着きさえすればいいんだ、という「あきらめ」に似た気持ちが私を支配していた。都心に向かう電車に乗り込むことは、何かをあきらめること。抗うことなどない。気持ちを殺して乗り込めばいい。そうすれば、ぶつかったりねじれたり触られたりしながら、電車が私の体を勝手に連れていくだろうから。

仕事帰りに澤本さんに呼び出された日の翌朝、私は、いつも通り駅のホームの乗車待ちの列にいた。あまりの混雑に乗り切れず、一本やり過ごして、いちばんまえ、ホームの黄色い線の内側ぎりぎりのところに立っていた。

昔から、私はホームの列のいちばんまえに立つのがこわかった。電車がホームに入ってくる瞬間、もしも後ろにいる人が私の背中を軽く押したら、私の人生はそこで終わる。背中をひと押しというごく簡単な行為で命が絶たれてしまうかもしれない。そう思うと、自然と体が硬くなるのだった。

少し肌寒く感じる十月下旬の朝だった。私は体を強張らせ、薄手のコートのポケットに両手を突っ込んで、何気なく正面を見た。

都心行きと逆方向、唐木田・小田原方面行きのホームにも乗客が列を作っていたが、こちら側のホームとは比較にならないほど空いている。

あっち側に行きたい――と思ったのは、それが初めてのことではない。いまいるホームの列から外れて、会社に行くのと逆方向の電車に飛び乗れたらどんなにいいだろう。そうするだけで、きっと私は自由になれるはずだ。そして二度と会社には戻らない。そうなったらどんなに気持ちが楽になるだろう。……と考えを巡らせるうちに電車が到着して、いやおうなしに車内に詰め込まれるのがオチだった。

が、その朝、いつもと違うものを私はみつけた。

線路を挟んで正面の列の先頭に、女子高生が立っていた。私は夢の続きでも見るように、目を瞬《しばたた》かせて彼女をみつめた。

私が通っていた高校の制服。白いブラウス、ボウタイ、白いニットのベスト、グレーのチェックのミニスカート、黒いハイソックス、ローファー。黒くてまっすぐな肩までの髪。そして——ナイロン製の黒い大きな薄いバッグを肩から提げている。

私は、はっとして目を凝らした。

あれは、「カンヴァスバッグ」だ——。

そうだ。私はあのバッグにカンヴァスを入れて持ち運んでいた。かさばるし、破損したらいけないので、完成した絵をあのバッグに入れて運ぶときは、必ずラッシュアワーを避けていた。

最後に持ち運んだのは、高校一年生の秋の初め。コンクール用の絵を描くために、まっさらなカンヴァスをあのバッグに入れて、わざわざ土曜日に学校の部室へと運んでいった。清川先輩と一緒に制作をする、その期待と喜びに胸を弾ませながら、電車に乗り込んだのをよく覚えている。

そして、最後の一枚は完成することなく、持ち帰ることもなかった。

あの頃の私と同い年くらいの少女は、何か思いつめた目をしていた。私は胸がざわつくのを感じた。

――なに、あの子？　どうしたの？　もしかして、線路に飛び込んだりしないよね……？

少女は、スカートのポケットに手を突っ込んだ。そして、何かを取り出した。

私は、息をのんだ。

彼女がポケットの中から取り出したもの。

レモンだった。つややかな黄色を手にして、彼女はじっとそれをみつめている。凝視しながら、一歩、まえに踏み出した。

私は、あっと声を出しそうになった。

――あぶない！　あの子を助けてあげて！

胸の中で、誰かの声が響いた。私は弾《はじ》かれたように列から離れて、ホームの人波をかき分けかき分け、無我夢中で階段を駆け上り、駆け下りた。反対側のホームに走り出たとき、ちょうど小田原行きの急行電車が到着し、ドアが開いたところだった。少女の後ろ姿が車内へと吸い込まれていく。

――あの子を追いかけて、あーちゃん！

また声がした。ドアが閉まる寸前に、私は電車に飛び乗った。息が上がり、全身に汗が吹き出した。この電車は急行小田原行きです……という車内アナウンスを耳にして、私は頭の中が真っ白になってしまった。

——どうしよう……。

スマートフォンを取り出して時間を見た。八時二十分。次の停車駅で降りて、新宿行きに乗り換えれば、三十分くらいの遅刻ですむ。そうだ、そうしよう。そうすれば、どうにかなる……。

と、そのとき。

——あーちゃん。スマホなんかじゃなくて、ほら、あの子を見て。

声が聞こえた。私は顔を上げて、周囲を見回した。

あの少女がドア近くの座席にいた。カンヴァスバッグは網棚に上げられ、きちんと並んだ膝小僧の上に、レモンがひとつ、ちょこんと座っている。

彼女をみつめながら、私は、ひさしぶりに現れた友だちに話しかけた。

——モウさん。ひさしぶりだね。どこに行ってたの？

——よかった、気がついてくれたんですね、あーちゃん。

いいえ、ワタクシはどこにも行きはしませんでしたよ。ずっとあーちゃんの近くにいました。あーちゃんが、ちょっとにぶくなってワタクシに気づかなかっただけで。

タタン、トトン、タタン、トトン。リズミカルな音に交じって、モウさんの声が私の耳の奥にささやきかけた。

――あーちゃん。あの子はいま、とっても悩んでいるようです。何かを求めて、どこかへ行こうとしている。

あの頃の、あなたのように。

私は、ドアのそばに佇んで、窓の外を流れていく風景を眺めるふりをして、ときおりそっと少女を盗み見た。少女は、やっぱり思いつめた様子で、膝小僧の上のレモンに視線を落としている。

モウさんの声が、私の中でこだまのように響き渡った。

――あーちゃん。あなたは、あの子を助けてあげなくてはいけません。

会社のことなんて、あとでどうにでもなる。いまは、とにかくあの子についていってあげてください。

そうすることで、きっとあなたは、あの頃のあなた自身を助けてあげられるはずですから。

遅くなんかない。まだ間に合いますよ――。

＊

カンヴァスバッグとレモンを携えた少女を追いかけて、気がつくと、私は色づき始めた森の中にたどり着いていた。

急行電車に乗った少女は、終点の小田原駅で箱根湯本行きに乗り換えて、箱根湯本駅で箱根登山電車に乗り換えて、強羅《ごうら》駅で降りて、バスを待って、バスに乗って、そうして、とうとうたどり着いた。――ポーラ美術館に。

森の中に沈むように、淡い翡翠《ひすい》色のガラスの建物がひっそりと佇んでいた。少女は、もう何度か訪れているのだろうか、慣れた足取りでガラスの建物の中へと入っていった。慎重に距離を取りながら、私もその後に続く。明るい自然光にあふれたエントランスロビーへ、少女と私は歩み出た。

チケットカウンターでチケットを買い、大きな荷物だからだろう、少女はカンヴァスバッグを預かってもらった。学校指定の学生鞄はコインロッカーに預けた。身軽になって、地階ロビーへと続くエスカレーターにひょいと乗る。彼女の動きはすべてが自然で、どれほど彼女がこの美術館へ通い詰めたかを物語っていた。彼女を追いかけながら、私は、ふと気がついた。この美術館には、きっと、あの子が何かを相談したくなる、私にとってのモウさんのような絵があるに違いないと。

少女はまっすぐに展示室1へと入っていった。入り口には、特別展のタイトルが掲げられてあった。

〈セザンヌ――近代絵画の父になるまで〉

モダン・アートの父と言われ、後世の画家たちに大きな影響を与えた画家、ポール・セザンヌの展覧会だ。

高校時代に油彩画を始めて、コンクールに静物画で挑戦しようと決めたとき、セザンヌの画集を繰り返し眺めたことをふいに思い出した。

別にセザンヌが好きだったわけじゃない。静物画といえばセザンヌだと、動画サイトや絵画テクニックの本で盛んに言われていたから、どんなもんだろうと興味本位で調べてみたにすぎなかった。だから、本物のセザンヌを見たことなんて一度もないままに、私は絵筆を折ってしまったのだ。

……こんなふうに、セザンヌ初体験をすることになるなんて。

――ね、それだけでもあの子についてきた価値があるでしょう？

モウさんのくすくす笑いが聞こえてきた。私は胸をときめかせながら、彼女の背中を追いかけた。

展示室の中は、まるで森がそっくりそのまま持ち込まれたかのように、みずみずしい緑と青のカンヴァスが広がっていた。緑豊かな小高い丘の上の家、木立のあいだに憩う水浴する女性たち、いびつなかたちの山。ちっとも写実的ではないが、画家のまなざしを通して再編された世界が、生き生きとしてそこにはあった。

まぶしすぎる光はほどよくなめらかな光に、緑の木々はいっそうしたたるような豊かな緑に、あまり美人ではない画家の妻は自然体でチャーミングな女性に。

画家によって新しい命を、息吹を与えられた、この世界にたったひとつのかけがえのないものたち。

ひたむきな力に満ちみちた絵の数々を目にして、私は、いつしかセザンヌの世界へと迷い込んでいった。少女を追いかけることを忘れて、ただ目と心が喜ぶままに、セザンヌと戯れた。

やがて、展示室の中ほどで佇んでいる少女に追いついた。

身じろぎもせずに、彼女は一点の絵に向き合っていた。〈砂糖壺、梨とテーブルクロス〉というタイトルが付けられた静物画に。

それは、えもいわれぬ不思議な絵だった。

横長の構図、左手に藤色がかったテーブルクロスがあり、中央に白い砂糖壺、黄色と赤の洋梨、緑のリンゴ、いちばん右手にレモン。それらのオブジェがテーブルの上に「わっ」といっせいに集合している。まるでおしゃべりをしているかのようににぎやかで、転がり落ちそうな躍動感がある。

静物画なのに、ちっとも静かではないし、止まってもいない。個々のオブジェの隅々まで輝く命が宿っている。

セザンヌが写実的な表現ではなく、画家の解釈でオブジェのかたちや構図を変え、画面の上に自ら秩序を作り出し、新しい表現方法を生み出したことは知っていた。

けれど、それがいったいどういうことなのか、ほんとうのところはわからなかった。私は、画家が自分だけの表現をみつけるためにどんな努力をしたのか、まったく知らなかったし、努力の末に見出した手法で描かれた絵がどんなふうに見えるのか、知ろうともしなかった。

ほんものの絵を見ずに絵を描こうとしたって、できるはずがない。そんなあたりまえのことに、私は気づかずにいたのだ。

少女は、ポケットに手を突っ込むと、レモンを取り出した。そしてそれを、あの絵のまえで、かざした。

少女がなぜ、レモンを連れて、ここまでやって来たのか。

私には、ぜんぶ、わかる気がした。

彼女は私の母校の美術部に所属している。そして、絵を描いている。きっとセザンヌの作例を自分の制作の参考にしているのだろう。推測だけど、そこまでは十六歳の私と同じだ。

違うのは、彼女がセザンヌと友だちだということ。

彼女は、動画サイトやネット検索しただけでセザンヌをわかったとは決して思わずに、この美術館へ通っているのだ。そして、画家に直接「相談」しているのだ。

——ねえセザンヌ、私の描くレモンは、あなたのレモンと、どう違うのかな？　教えてくれる？

少女の心の声が、聞こえてくるようだった。

彼女の後ろ姿をみつめながら、私は決めた。

あの子が帰りがけに受付でカンヴァスバッグを受け取ったら、それをサインに声をかけよう。

——ねえモウさん、なんて声をかけようかな？

セザンヌ好きなの？　セザンヌいいよね。

そんな感じ？

ねえ、モウさん。どうしよう——？

レモンをかざした少女の後ろ姿は、凛としていた。少女と、レモンと、セザンヌ。得難い光景に向き合っている私の耳に、声が聞こえてきた。モウさんではなく、私自身の心の声が。

もう一度、絵を描いてみようか。

あの子のように、あの絵のまえで、画家と対話をしながら、今度こそ描き上げよう。遅くなんかない。まだ、間に合うよ。

レモンは、セザンヌの絵の中から抜け出してきて、いま、私の目の前でつややかに輝いていた。

豊饒

家康（七） 秀吉との和睦

安部龍太郎

戦国最終走者の知られざる生涯。家康シリーズ待望の最新刊!!

小牧・長久手での大勝、その安堵も束の間、信雄が秀吉に取り込まれ、家康は大義名分を失う。窮地に立たされる中、天正大地震が襲い――。天下人への険しい道を描く傑作戦国大河シリーズ。

オリジナル

847円

根深汁 居酒屋お夏 春夏秋冬

岡本さとる

これぞ、男の人助け――。お夏が敬愛する河瀬庄兵衛が何かと気にかける不遇の研ぎ師に破格の仕事が。だが、笑顔の裏に鬱屈があり……。庄兵衛、どう動く？　人情居酒屋シリーズ第六弾。

書き下ろし

715円

商人殺し はぐれ武士・松永九郎兵衛

新シリーズ

小杉健治

浪人の九郎兵衛は商人を殺した疑いで捕まるも身に覚えがない。否定し続けてふた月、真の下手人が見つかるが……。腕が立ち、義理堅い一匹狼がその剣で江戸の悪事を白日の下に晒す新シリーズ。

書き下ろし

891円

小梅のとっちめ灸 (二)からす天狗

金子成人

武家屋敷から盗んだ品を天下に晒す「からす天狗」。灸師の小梅はその正体に心当たりがあるが……。江戸随一のお俠な灸師に闇の手が迫る！

書き下ろし

759円

吾亦《われも》紅《こう》 小烏神社奇譚

篠綾子

小烏神社で「虫聞きの会」が開かれるが、宴の最中に医者の泰山が気になることを口にする。江戸で不眠に苦しむ患者が増えているというのだ。流行り病か、それとも怪異か――。シリーズ第六弾。

書き下ろし

803円

せきれいの詩《うた》

村木嵐

浪人となった松平陸ノ介は幼馴染みと仲睦まじく暮らしていたが、尾張藩主である長兄・徳川慶勝に請われ家士となる。藩内の粛清を行う陸ノ介。一方、弟の松平容保は朝敵の汚名を被り一路会津へ。

847円

入舟長屋のおみわ 紅葉の家

江戸美人捕物帳

山本巧次

長屋を仕切るお美羽が家主からある謎を探ってくれと頼まれ……。跳ねっ返り娘が突っ走る時代ミステリー！

書き下ろし

803円

神奈川県警「ヲタク」担当 細川春菜4 テディベアの花園
鳴神響一

殺人事件の被害者がテディベアの蒐集家だったことから、春菜はベアに詳しい捜査協力員の知識を借り、被害者が残した謎のメモを解明しようとするが……。

書き下ろし

781円

神様が教えてくれた、星と運の真実 桜井識子の星座占い
桜井識子

「コワイほど当たる」と大反響を呼んだ占い。文庫版では開運のコツ・相性のよい星座を追加収録。生まれた日と名前で決まる10の星座別に運勢がわかる!

627円

湯道
小山薫堂 原作

12月発売予定

笑って、泣いて、整って。

建築家として働く三浦史朗だが、最近は仕事がうまくいかない。実家の銭湯「まるきん温泉」は、弟の悟朗が継いでいる。時代遅れの銭湯を畳んで、不動産で儲けようと考えた史朗は、久しぶりに実家を訪れるが……。

出演
生田斗真
濱田 岳
橋本環奈

2023年2月23日、全国東宝系にて映画公開!

1月13日(金)発売予定!

みがわり	青山七恵
#塚森裕太がログアウトしたら	浅原ナオト
もうレシピ本はいらない 人生を救う最強の食卓	稲垣えみ子
花嫁のれん 老舗破門	小松江里子
麦本三歩の好きなもの 第二集	住野よる
吹上奇譚 第三話 ざしきわらし	吉本ばなな
番所医はちきん先生 休診録五 悪い奴ら 時代小説文庫	井川香四郎
市松師匠幕末ろまん 黒髪 時代小説文庫	坂井希久子
花人始末 白椿殺し 時代小説文庫	和田はつ子

深夜二十五時。

テレビを消して、ソファから立ち上がり、二階の窓のサッシ戸をがたがたいわせながら開けてみる。たちまち冷たい空気が部屋の中に流れ込んでくる。

夜空のずっと遠くのほうで、細い月が爪あとみたいに白く光っている。住宅街の通りに沿ってぽつぽつ点《とも》る街路灯。角にある家の窓やドアが、ピンクや水色のイルミネーションで飾られて、明滅しているのがぼんやり見えている。

去年もたしか、そうだった。十二月になると、あの家はキャンディ色に彩られていた。ちっちゃい建売住宅だけど、あの家に住んでいるのは幸せな家族。ダンナさんはサラリーマンで、毎朝早く出勤して、夜遅く帰ってくる。奥さんはヤンママで、毎朝ダンナさんより早起きして、幼稚園に通う子供たちの分までお弁当をこしらえる。家族で日曜日に量販店へ出かけて買ってきたイルミネーションを、パパとママは一緒になって、クリスマスのために飾り付けるのだ。

電気代だってばかにならないだろうに、あのイルミネーションは一晩中輝き続けている。

いったい、なぜ？　なんのために？　誰のために？　サンタさんのためなんかじゃないよね。「ここに幸せな家族がいます」って、この街じゅうのさびしいやつらに見せつけるために。でしょ？

知らないあいだに十二月になってしまった。あの家のイルミネーションでそうと知らされたのは、なんとなく気分がよくない。が、しょうがない。

私が、いまいるところ。愛知県豊田市にある築三十年のコーポの一室。擦り切れたフローリングと黄ばんだクロスの壁のワンルーム。ワンルームっていえば、なんとなくしゃれてるけど、流し台とユニットバスがついたぼろい部屋だ。そこに、ソファベッドとデスクとパソコン、スマホの充電器、ファンヒーターなんかがあって、その真ん中に私がいる。

この部屋に住み始めて、三年が経った。

壁にぶら下がってるアニメキャラのカレンダーは、八月のまんま。今年の夏は暑くて暑くて、とてもじゃないけどエアコンなしの部屋にいられなくって、日中はコメダ珈琲店に入り浸って、夜は場所を変えて別のコメダで閉店までねばって、ようやく帰ってきた。それでも暑くて寝苦しくて、ペットボトルに水を入れて凍らせたやつを三本、一本ずつ両脇にはさんで、もう一本は股にはさんで、それでどうにかやり過ごした。ああほんとうにこの夏は、そんなこんなでほとんどなんにもやってない、ってままで過ぎ去ってしまった。夏がいつしか遠のいた時点で、カレンダー一枚を剝ぎ取る余裕すら私には残されていなかった。で、十二月だ。年末なのだ、もう。

あーあ、とひとつ、背伸び。夕方起きて、コーヒー牛乳飲んで、それっきり何も食べずに、転がってテレビを見ていたから、体のあちこちが、きしきし、かくかくしてる。両肩を上げたり下げたり、回したりして、軽くストレッチ……って、そういやこの簡単ストレッチ、このまえレビューをやっつけで書いた健康本『肩こり即解消！　15秒楽ちんストレッチ』に載ってたやつだな、と思い出す。

さすがに空腹を覚えて、流し台へと移動する。冷蔵庫を開けると、カップ麺とお皿と茶碗が入っている。なんで真冬にお皿と茶碗を冷やしているかといえば、食器棚というものがないからだ。

カップ麺を取り出して、電気ポットでお湯を沸かす。ずず、ずううっ。スープの一滴まで残さずにたいらげた。

スマホの時計を見ると、二十六時。そろそろ、かな。

『……んなこと言ったって、お前のが……じゃねえかよっ！』

きたっ。

壁を隔てた隣室から、男の罵声が聞こえてくる。続いて、どたん、ばたん、ぶつかり合うような重低音。ガチャン、ゴトン、何かを投げる音、壊す音。

『×××、×××××、××××××！』

『××××××、×××！』

男女の激しい罵り合い、何を言ってるんだかわからない。隣室のカップルが、きまって深夜二十六時頃からものすごいケンカを始めるのは、ここしばらく続いていた。

そうだ、あの家の窓にクリスマスのイルミネーションが点った頃から。

小さな家の小さな幸せと、小さな隣室の大ゲンカ。そのあいだにいるちっぽけな私は、きっと、将来、大物の作家になる——。

——わけないか。

鼻でため息をついて、デスクの上のパソコンに向き合う。そのかたわらに置いていたごろんと大きなりんごみたいな、真っ赤なヘッドフォンを取り上げて頭の上に乗せる。スマホの楽曲ライブラリーから、お気に入りの一曲を選んで、プレイ。

辛くて悔しくて　まったく涙が出てくるぜ
遮断機の点滅が警報みたいだ、人生の
くさって白けて投げ出した　いつかの努力も情熱も

必要な時には簡単に戻ってくれはしないもんだ

すっぽり頭を包み込んだヘッドフォンから「amazarashi」の曲が、がんがん聞こえてくる。ヴォーカルの秋田ひろむの声がさえざえと響き渡る。だけど、頭の中はからっぽなのだ。からんと音がするくらい。

音と詞がいっぱい押し寄せてくる。考えをぜんぶ、止める。からっぽにする。そうすることで、私の仕事は始まる。——せえの。

〈行ってきました！　超憧れのイタリアン、○×△！　ベジ感満載の前菜の盛り合わせから始まるマンマ・ミーア・コースは、プリモ・ピアットのバジルとトマトのスパゲッティーニが茹で加減も絶妙で、バジルの香りでお口にはおいしさの花畑。もう大満足！　次のお給料日にも予約しちゃいました♪《世田谷区／プリマヴェーラ》〉

〈この美容クリーム、発売前から注目してました。ふたを開けたとたんに、ふわあっとローズの香りが立ち上って、たちまち夢見心地。使えば使うほど肌がしっとりしてくる感じ、もう手放せません！《横浜市／夢ゆめ子》〉

〈わーい待ってましたー！　冬になったらぜーったいこのぽかぽかアンダーシャツ買うんだ

って、今年の春から決めてました——！ この一枚を着てるだけでぽっかぽか。おかげで真冬でも分厚く重ね着しなくて済みます。すべての寒がり女子にオススメしたいです。本気だよ〜！《神戸市／のぐ》

タタタ、タタタ、タタタタタタタタ。高速でキーを叩く。ときどき、パソコンの画面をカチカチとクリックして切り替える。行ったこともないイタリアンレストラン、使ったこともない美容クリーム、着たこともないアンダーシャツ。店や料理や商品の画像を一瞬眺めて、それを説明するくどくどと長い文章を一瞬で読む。そして、キーを打ち始める。

これが、私の仕事。たぶん、世界でいちばん最低な仕事。

「さくらレビュワー」。つまり、一件いくらでお金をもらって、見たことも聞いたことも試したこともないモノをレビューする、正々堂々、「さくら」である。レビューを見た人が試したくなるように。買いたくなるように。予約／購入ボタンをポチッとクリックさせるために。

ぜーんぶ、うそ。ほんとのことなんて、ひとつもない。それでもいい。できるだけ派手に、できるだけ華麗にうそをつく。うそつきの練習を、お金をもらってやっているのだ。

そう、私がほんとにしたいことは、小説を書くこと。——でもさ、それって、うそっぱちを書くってことでしょう？ うそをいっぱい書いて、読者をその気にさせて、物語の世界に引きずり込むってことでしょう？

いつの日か作家になる、その日のために、このすべては練習なんだ。

「はいはい、次っ。次はなに、なんだっけ？　なんのレビューだ？　なんだっていいよ？　書きますよ！」

声に出して言ってみる。だけど自分が何を言っているのかわからない。だって鼓膜をつんざくくらいに大音量でひろむの歌声が響いているんだから。

死ぬ気で頑張れ　死なない為に　言い過ぎだって言うな　もはや現実は過酷だ
なりそこなった自分と　理想の成れの果てで
実現したこの自分を捨てる事なかれ

〈待ってましたあ〜！　この感触ヤバいでしょ！　こんなツケマないよ、きゅっと角度が、うっとりだよ〜ツケマ革命だよ実現したこの自分、言い過ぎだって言うな〉

「あっりゃー、これじゃ、まんまひろむの歌詞じゃんっ！」

ひと声、叫んで、私はヘッドフォンを頭からむしり取り、ばったりとデスクに突っ伏した。

そのまま、動けなくなった。

どたん、ばたん、バシッ。ときおり隣室から響いてくる物騒な音を子守唄にしながら、私はそのまま、眠りに落ちた。

＊

コンコン、コンコンコン。

ドアをノックする音が、裸の耳に届いた。

はっとして、私は顔を上げた。

両腕が完全に痺れている。ヘンな姿勢を長時間とっていたから、体がバッキバキになってしまっている。

――やだ、寝ちゃってたよ。

コンコン、コンコンコンコン。誰かが根気よくドアをノックし続けている。

「ったくもう、誰だよこんな朝っぱらから……」

ぶつぶつ、文句を言いながら玄関へ行った。のぞき窓から外を見ると、見知らぬおばさんがちょこんと立っている。

――誰だろ。大家さん？　家賃滞納してたっけか……？

「あのー、誰ですかあ」

ドアを開けずに訊いてみた。起き抜けなので、間延びした声で。

「すみません、おとなりに引っ越してきたスガワラです」

え、となりって……DVカップルのところに？

私は、思わずドアを開けた。そのおばさん、スガワラさんは、ヘンな寝かたをしてぼろぼろな私を見ると、顔じゅうのシワを総動員して、にっこりとおおらかに笑いかけた。

「どうも、はじめまして。朝早くにすみません。いま、ちょっといいかしら？」

吹けば飛びそうなくらい、痩せて小さなおばさんだった。たぶんすっかり白髪なのだろう、ショートヘアを赤っぽく染めている。フリースの上着とフリースのパンツに履き古したスニーカー。まあ、なんていうか、貧相だけどこざっぱりしたおばさんである。私は、はあ、と気の抜けた返事をした。

「先月、こちらに引っ越してきました。何度かごあいさつに伺ったんだけど、いらっしゃらなかったみたいで……私、ひとり住まいなんですが、よそから来まして……このへんのこと、よくわからないので、教えてください。よろしくお願いします」

とてもていねいに言って、頭を下げた。はあ、と私はまた返事をした。この人、誰かに似てるな……と思いながら。

「どっちの部屋に引っ越してきたんですか」

DVカップルの親とかじゃないのかと思って、訊いてみた。

「こっちです」とスガワラさんは、私の部屋の左どなりを指差した。あ、そうか、DVカップルは右どなりだから、反対のほうね。っていうか、左どなりが空室だったことも知らなかった。

「この年になって、ひとり暮らしは初めてなの。なんだか、わくわくしちゃって。おいしいパン屋さんとか、喫茶店とか、花屋さんとか、探すの、楽しみでね」

うふふ、と笑った。私は、なんとも返さなかった。

「あなたもおひとり？」

「ええ、まあ」

「あら。じゃあ、今日から私たち、おひとりさま同盟だわね。心強いわ」

一方的にヘンなことを言われてしまった。いつもならウザい、キモいと思うシチュエーションなのだが、不思議なことにさほどウザくもキモくもない。なんでだろう？

スガワラさんはうきうきした様子で、包装紙に包まれた小さな四角いものを、差し出した。

「あのこれ、おひとつですけど、お近づきに」

「あ、どうも……」私はそれを受け取った。

「それから、これも」

今度は封筒を出して、四角い包みの上に載せた。

「同盟の証しに。私の勤務先なの。ぜひ、来てくださいね」

じゃあ失礼します、と会釈して、となりの部屋へと戻っていった。

私はデスクの前に座ると、早速、きれいな包装紙をばりばり破いた。急に空腹を覚えて、クッキーか何かだと期待して開けたのだ。

現れたのは、洗濯洗剤の箱だった。なんだよ、とため息をつく。次に、封筒を手に取った。

――こっちはなんだろ。勤務先だって言ってたな。ファミレスの食事券とか？

ところが、封筒の中から出てきたのは、一枚のチケット。――豊田市美術館の入場券だった。

＊

――亜衣ちゃん、お迎え遅くなってごめんね。おうちに帰ったら、ばあばと一緒に絵本、読もうよ。

保育所に私を迎えにきてくれたのは、おばあちゃん。ちっちゃくて、痩せてて、ショートカットの白髪頭を赤っぽい茶色に染めていた。

未婚のまま三十歳で私を産んだ母親は、子供がいたら仕事ができないと言って、郷里の愛知県岡崎市に住む母の母、つまり私のおばあちゃんのところに二歳の私を預けて、東京へ行ってしまった。その後、裕福な男性と結婚したとかで、もう私に会いに帰ってくることはなかった。同時に、自分の母親であるおばあちゃんとも会うことはなくなった。

おばあちゃんはそのとき六十歳で、すでにひとり暮らしだった。おじいちゃんは病気で早くに死んでしまって、おばあちゃんはひとりで私の母を育てたということだった。だから、もう一度ひとりで子育てやり直しだね、と、私を喜んで引き受けてくれたんだそうだ。そういうことのあれこれは、ずっとあとになってから教えてもらったんだけど。

おばあちゃんは岡崎市内の会社に勤めていて、定年退職後も再雇用されて働き続けた。ずっと母子家庭で苦労をしてきたんだから、そろそろ楽をしてもよかったはずだったろうけど、うちには小さな子供がいますからと、私のために働き続けてくれた。

おばあちゃんは読書が大好きで、ひまさえあれば本を読んでいた。それを見て育った私も、本が大好きな子供だった。本を読みたい、と私が言えば、それがマンガでもラノベでも、好きなものを読むのがいちばんなんだよ、と言って、気前よく買ってくれた。おばあちゃんのおかげで、私はいつも本の世界で自由に遊ぶことができた。

私はどちらかといえば地味な子供だった。いじめられこそしなかったが、単にラッキーだったからだと思う。ちょっとしたことがきっかけでいじめは暴発する。そのちょっとしたきっかけが私には起こらなかっただけだ。

私は、いじめる側にもいじめられる側にもかろうじて入らなかった。それは、ただただ本が好きで、周りのことなんて関係なく、いつも読書に没頭していたから――だったかもしれない。

文章を書くのも得意だった。国語の授業では作文がいちばん好き。高校一年のとき、小説投稿サイトに自作の小説めいたものを投稿して、結構な数のフォロワーを獲得した。

自信をつけた私は、高校三年で進路を考える三者面談の直前に、将来は小説家になろうと決心した。まっさきに相談したのは、もちろん、おばあちゃんだった。

――私、小説家になりたい。だから、大学には行かずに、高校卒業したら、アルバイトしながら小説を書き続けるよ。

大学に行ったらそれだけおばあちゃんに負担をかける。それも避けたかったし、ほんとうにやっていける自信があったのだ。

おばあちゃんは、最初はとにかく大学に行くことを勧めたが、私ががんこに言い張るので、とうとう根負けした。

――よおく、わかった。そこまで言うんなら、やってみなさい。

おばあちゃんは、私の目をまっすぐにみつめて言った。

——でもね、亜衣。約束して。絶対にあきらめないって。あきらめない限り、道はひらけるはずだよ。逆に、あきらめたら、そこでおしまい。道は途切れちゃうんだよ。

どこまでも自分を信じて、進んでいきなさい。

それから、顔じゅうのシワを総動員してにっこり笑うと、ひと言、言った。

——作家になった亜衣に会うの、楽しみにしてるよ。できれば、そんなに遠くない未来にね。

待ってるよ、ずっと。

私はおばあちゃんとの約束を果たすため、懸命に書いた。

投稿サイトばかりでなく、文芸誌の新人賞にも応募した。一刻も早くデビューしたほうがいい。十代でデビューしたほうがニュースバリューあるし、などと計算高いことも考えていた。デビューして、芥川賞とかとって、テレビに出て、おばあちゃんを喜ばせたい。学校の仲間にも、あの地味な亜衣が作家になったって、賞もらったって、すごくない？と噂されたい。作家になった自分がもてはやされる場面を妄想して、それを原動力にして、書いて書いて書いて、書いて書いて書いて……とにかく書いた。書き続けた。

が、何がよくなかったんだろう。投稿サイトではランキングが下がり続け、フォロワーもどんどん離れていった。文芸誌の新人賞ではかすりもせず、一次選考を通過することすらなかった。

私は焦った。高校を卒業してからはコンビニでバイトしながら、おばあちゃんとの暮らしを続けていた。おばあちゃんは七十八歳になっていたけど、会社の用務員として再々雇用してもらって、まだ仕事を細々と続けていた。私の朝食とお弁当の支度をしてから、朝早く出かけていって、夕方帰ってきて、私の夕食の準備をして待っていてくれる。とてもありがたかったが、おばあちゃんとのぬるま湯のような暮らしが私をだめにしているような気がしてきた。

――おばあちゃん。私、この家を出るよ。

三年まえ、とうとうそう切り出した。一人前の作家になるまで帰ってこない。でも、フリーのライターになって「書く仕事」をして文章を磨くから、心配しないでほしい。作家になった私が帰ってくるのを、待っててほしい。

おばあちゃんは、ちんまりと三角形に正座して、黙って私の話を聞いてくれた。全部聞き終わると、ぐっとうつむいて、しばらく顔を上げなかった。

おばあちゃんが、泣いている。そう思って、私のほうも涙がこみ上げてきた。

と、おばあちゃんが、ぱっと顔を上げた。大輪の花が咲いたような、大きな豊かな笑顔だった。

――よう言った！　とおばあちゃんは、ひと声、叫んだ。

――あんたが書いた小説、読める日を楽しみにしてるよ。

絶対、あきらめないで。あきらめない限り、いつかきっと実現するよ。

がんばれ、亜衣。待ってるからね。

ずっと、ずっと。その日がくるまで、いつまでも。

そうして、私は、愛知県の豊田市にあるこのコーポでひとり暮らしを始めた。岡崎のわりと近くに引っ越したのは、万一おばあちゃんに何かあったら、すぐに駆けつけることができるようにと考えたからだ。

私は、フリーのライターとして雑誌や企業のウェブサイトで記事を書いて生計を立てようなどと考えていたのだが、現実はそんなに甘くはなかった。なんの経験もないライターにお金を払って記事を書いてもらいたい媒体や企業は、世の中にひとつもなかった。

毎日、菓子パンとカップ麺の食事が続いた。銀行口座の残高が千円を切ったとき、ついに私は手を出したのだ。「さくらレビュワー」の仕事に。

『毎日少しずつ書いてるよ』と、最初のうち、おばあちゃんにはほとんど毎日ショートメッセージを送っていた。『楽しみにしてるよ』『読むの待ってるよ』とすぐに返事がきた。それがいつしか、三日に一回になり、一週間に一回になり、一ヶ月に一回になり、さくらレビュワーの仕事でそこそこ収入を得るようになった頃には、もうまったく連絡をしなくなってしまっていた。

おばあちゃんのほうからは、ずっと短いメッセージが送られてきたが、そのうちにぱったりと途絶えた。私がちっとも返事をしないからに違いなかった。

そんなある日、一枚のポストカードが届いた。

満開の花畑の中で、花畑をそのままうつしたような華やかなドレスを身にまとった、それはそれはきれいな女の人の絵のカード。グスタフ・クリムト〈オイゲニア・プリマフェージの肖像〉とキャプションがついていた。そして、おばあちゃんのメッセージがたて書きで書かれていた。

——絶対、あきらめないで。がんばれ、亜衣。待ってるからね。

ずっと、ずっと。

その文字をみつめて、後ろめたい気持ちでいっぱいになった。おばあちゃんが期待していた未来を、私は生きてはいなかった。

こんな自分をおばあちゃんに見せたくない。いまは、会いに行けない。会いに行っちゃだめだ。じゃあ、いつならいいいんだろう?

連絡が途絶えて二ヶ月近く経ったある日、携帯電話が鳴った。知らない番号。出てみると、岡崎の警察だった。

ひとり暮らしのアパートの部屋で、おばあちゃんがこと切れているのがみつかった——と知らされた。

一年ぶりに再会したおばあちゃんは、痩せこけて、貧相で、それなのにこざっぱりとしていた。死に顔は安らかだった。目を開けて、私をみつけて、亜衣、帰ってきたの、待ってたよ——と言ってくれそうだった。

*

夜九時。

こたつの上のカセットコンロでくつくつと鍋が煮えている。豚肉、キャベツ、もやし、豆腐、キムチをいっぱいに投入して、鍋の中がオレンジ色に沸き立っている。

「さあさ、いっぱい食べてね。豚肉、こっちのキャベツの下に隠れてるから」

せわしなく菜箸を動かして、スガワラさんが言う。いただきます、と私は、遠慮なく豚肉を掘り出して、口に運ぶ。あふあふしている私の様子を見て、スガワラさんはにこにこしている。このまえは塩だれのちゃんこ鍋、そのまえは豆乳鍋を用意して、呼んでくれた。「お鍋はひとりじゃ食べきれないからね」と。

　世界から完全に隔離されて、ひたすら「さくらレビュー」を書き続けて食いつないでいる私を、なぜだかスガワラさんはやたら気にかけて、出勤の行き帰りに声をかけてくれた。「今夜よかったらご飯食べにいらっしゃいな」とか、「帰りにスーパー寄るけど何か買ってくるものある？」とか、まるでおせっかいな親戚のおばさんだ。

　でも、私はスガワラさんに声をかけられるのが全然いやじゃなかった。誰かに声をかけられるなんて、いままでの人生でほとんどなかったし、最初は戸惑ったが、だんだん、待っているみたいな感じになってきた。

　スガワラさんのノックで朝、起きる。その日の買い物とか夕食の「打ち合わせ」をする。スガワラさんが帰ってくると、となりからいいにおいが漂ってくる。「できましたよ〜」と声をかけられれば、サンダルをつっかけて隣室へ移動する。テレビを見ながら食事をともにする。それだけだったが、それでじゅうぶんだった。

　火の通った食事を食べるなんて、いつ以来だろう。私はまるで餌付けされる小動物のように、初めはおそるおそる近づいていき、そのうちに、自分から楽しみにその時間を待つようになったのだ。

　スガワラさんとのやりとりで新鮮だったのは、けっしてＳＮＳとかメールとかをしないことだった。私たちはメールアドレスも携帯番号も交換していなかった。そんなことは必要なかった。だって、スガワラさんは、私の部屋の前を通りかかれば必ず声をかけてくれたから。そのことを、私はなんだか面白く感じていた。

スガワラさんの部屋は、ミニマリストじゃないかと思うほど、必要最低限のものしかなかった。こたつと座布団、小さなテレビ、それだけ。洋服や布団は押入れの中に収まるだけしか持っていないとのことだった。でも、カセットコンロとか、ひとり暮らしには必要なさそうなものをなぜか持っていた。ひとり鍋でもするつもりだったんだろうか、考えただけでも虚しい気がするけど。

訊きもしないのに、スガワラさんはひとり暮らしを始めた理由をすっかり打ち明けた。

スガワラさんは三河安城という街で、息子の家族と暮らしていたのだが——ご主人は息子が結婚するまえに病気で亡くなったそうだ——、嫁と折り合いが悪く、息子とふたりの孫も、みんな一緒になって自分を疎んだので、もうこれ以上いられないと、思い切って家を出ることにした。せめて息子には引き止めてもらえるかもと、うっすら期待したのだが、お互いそのほうが気が楽だよね、と、あっさり言われた。それで、もうあんまりサバサバしてたから、じゃあこれでいいんだな、確かに家族に気をつかわずに暮らせればよっぽどいまより気楽だな、と思い、決心したそうだ。

引っ越し先を豊田市に決めたのは、年金だけで暮らすのは心もとなかったので、自分の「専門性」を活かせる勤務先を探したところ、この街でみつかったからだという。七十歳ひとり暮らしのおばさんを雇ってくれる稀有な勤務先というのが「美術館」だった——ということのようだ。

スガワラさんが美術館でどんな仕事をしているのか、私は尋ねなかった。聞いたところで、たぶん、専門性の高い仕事ってことだからなんだかわからないだろうし、別に何をしていたって私には関係ないから。けれどスガワラさんがその仕事を楽しんでやっていることは間違いなかった。だって朝出かけていくときやたらさわやかだし、帰りも早く帰ってきて元気いっぱいだし、きっと美術館っていうところは、何かいいものをスガワラさんにもたらす、そういう場所なんだろうと想像した。

「亜衣ちゃんは、美術館、行ったことあるの？」

キムチ鍋をつつきながら、スガワラさんが訊いてきた。

「はあ、ずっと昔に、一度だけ」私は答えた。

「そう。いつ、どんなものを見たの？」

「小学一、二年の頃に、なんていう美術館だったかな……地元の子供美術館で、絵本の原画展をやってたんで、おばあちゃんに連れられて……そのときだけです」

私のほうは「ライターをやってる」「岡崎に住んでいた」とだけ言って、自分の身の上はほとんど打ち明けていなかった。けれどスガワラさんのほうからあれこれ詮索するようなことはまったくなかった。私自身について訊かれ、答えたのは、それが初めてのことだった。

「おかざき世界子ども美術博物館ね。あそこはいい美術館だわね。私も、孫が小さいときに連れていったな」

すっかり忘れていた美術館の名前を、さらりとスガワラさんが言い当てた。さすが専門家。

「おばあちゃんと一緒だったのね。……おやさしいおばあちゃんね」

私は、ピリ辛のつゆをレンゲで口に運びながら、

「私、ちっちゃいときに母親に見捨てられたんで……おばあちゃんに育てられたんです」

複雑なことをものすごくさらりと言ってしまった。別に告白するつもりはなかったが、スガワラさんが相手だと、なんでも無理なく自然に言える。スガワラさんがそうだから、つられてそうなるのかもしれない。

あら、とスガワラさんは、箸を止めた。

「ますますおやさしいおばあちゃんね。いまは、どうなさってるの？」

「ごちそうさま」と私は箸を茶碗の上に揃えてから、答えた。

「死んじゃいました。ひとりぼっちで」

そう言ってしまってから、どきりとした。

いま、無意識に「ひとりぼっち」と言った。「ひとり」じゃなくて「ひとりぼっち」。自分で口にした言葉が、思いがけずちくりと胸の奥をさした。

スガワラさんは、今度は何も返さずに、ちょっとさびしそうな微笑を浮かべた。私は、急に気まずくなって、その場を繕うように言葉を重ねた。

「私、おばあちゃんにいつまでも頼ってた自分がいやだったんで、二十歳のときにひとり立ちしたんです。自分の夢が実現したら、帰ってくるからって、約束して……でも、おばあちゃんをひとり暮らしにするのが心配だったから、東京とか行かずに、中途半端に岡崎に近いこの街に来たんです。何かあったらいつでも飛んで帰るつもりで……まあ、結局、そんな中途半端な決心はなんの役にも立たなくて、ひとりで逝かせちゃったんだけど……」

スガワラさんは黙って私をみつめていたが、ふいに、

「やさしいのね」

とてもおだやかな声で言った。

「ええ、まあ。やさしいおばあちゃん、でした」

そう言うと、

「おばあちゃんも、もちろんだけど。あなたのことよ。やさしいのね、亜衣ちゃん」

また、どきりとした。スガワラさんの声が、おばあちゃんの声に重なって聞こえたのだ。

「いや、私は……」

苦笑いがこみ上げた。――おばあちゃんをひとりで逝かせて、何がやさしいものか。

「私は、やさしい、じゃない。『やましい』です」

そうだ、私はやましいのだ。「さくらレビュワー」なんて、人には言えない仕事をしてるんだもの。

スガワラさんはくぼんだ目を見開いた。それから、ぷっと噴き出した。

「ちょっと、笑いすぎですよ」

あんまり笑うので、私はかえってむくれてしまった。「ごめん、ごめん」と言いながら、スガワラさんは笑いすぎて涙目である。

「あなた、言葉のセンスあるわね。さすがライターさん」

言われて、私はよけいむくれた。スガワラさんは、「ああ、すっきりした」と笑いをおさめると、

「夢を実現したら帰るつもりだった、って言ったわね。――まだ実現していないの？」

さくっと切り込んできた。私はすぐには返せずに、冷めて薄い膜が張ったオレンジ色の鍋の中に視線を落とした。

「あなたの夢って、何かな。──文章を書くこと、作家になること──かな？」

あっさりと言い当てられて、今度はぎくりとした。その様子を見て、「当たっちゃった？」とスガワラさんが訊いた。私は、なんとも答えられずに身を硬くしたが、それがもう答えになっていた。スガワラさんは、にっこり笑って、言った。

「亜衣ちゃん、あなた、自分では気がついていないかもしれないけど、すごく言葉のセンスがあるわよ。きっといつか、作家になれるよ」

だから、あきらめないで、自分を信じて、書いてみて。そしてそれをいつの日か、よかったら、私に読ませて。

待ってるからね。ずっと、ずっと。

作家になりたい──とはひと言も言わなかったのに、その夜、私は、まんまと約束させられてしまった。

小説を書き上げて、それをスガワラさんに読んでもらう。そう遠くない未来に、できれば春がくるまえに。

＊

午前十時。

ほかほか、あったかい紙袋を抱いて、部屋へ帰ってきた。すぐに電気ポットでお湯を沸かし、ミルでコーヒー豆を挽《ひ》く。ふくよかな香りが小さな部屋いっぱいに漂う。

デスクの前に座り、パソコンの画面に向かって「いただきます」と手を合わせる。焼きたてのクロワッサンを袋から取り出し、思い切りほおばる。ほんとにほんとに、ほっぺたが落っこちそうにおいしい。コーヒーを、ひと口、すする。ああ、ほんとにほんとに、なんていうおいしさなんだろう。

となり町に焼きたてのクロワッサンがとてつもなくおいしいパン屋ができたとスガワラさんに教えてもらい、行くようになった。午前九時半が二回目の焼き上がり時間だ。それに合わせて列を作る人たち。ヤンママふうの人も、おばあちゃんふうの人もいる。きっとみんな、幸せな家族の一員で、家族みんなのために焼きたてのクロワッサンを求めて、真冬の寒風の中、並んでいるのだろう。

たかがパン一個のために行列するなんて、ばかばかしいと思っていた。だけど、スガワラさんが仕事の休みの日に並んで買ってきてくれたクロワッサンのおいしさにハマり、なかなか行けないけどあの店のクロワッサン食べたいなあ、とつぶやいていたスガワラさんのために、私はある朝、思い切って行ってみた。昼夜逆転の生活を長らくしていた私は、スガワラさんが出かけてからもう一度寝る、という感じだったのだが、一念発起、朝起きて夜寝る、という、普通の人にはあたりまえだが自分には相当むずかしいことをやってみた。元来、食いしん坊だったからか、おいしいパンの魅力にこうまでつられて、意外にも起きられるということがわかったことは、不思議な自信につながった。なんだできるじゃん、むずかしくないじゃん。やってみればいいいってことか。

いつもの食事のお礼に、とクロワッサンを差し出したときの、スガワラさんのそれはそれはうれしそうな顔といったら。私も亜衣ちゃんに負けずに食いしん坊だからね、と、顔じゅうのシワをにぎやかに動かして笑っていた。

朝起きられるようになって、私の生活は少しずつ変わっていった。

コーヒーは缶コーヒーよりもドリップのほうがおいしい。ミルで挽いた豆のほうがいい香りがする。ネットでコーヒーミルを、コメダ珈琲で豆を買って、うちで淹《い》れるようになった。

天気のいい日は外を歩いて、書店に行ってみる。刺激的なタイトルの小説を手に取り、書店員の手書きポップを参考に、一、二ページ読んでみる。すぐには買わずに、気になったらまた出かけていって、やっぱり手にとってしまったら、そのときは迷わず買う。

生活のために商品レビューはまだ続けていた。けれど、今度は、化粧品でもチョコレートでも、試供品をもらって、自分の感じた通りに書く――批判はできないものの――ように、スタイルを変えた。「さくら」ではなく「モニター」に変わったのだ。収入は減ったが、心の負担も一気に減った。

それから、私は小説を書き始めた。期せずして、スガワラさんに「締め切り」を設けられてしまったから。春がくるまえに、なんとしても仕上げたかった。そして、読んでもらいたかった。

それまでの私が創作で書いていたものは、どこかで見たことがあるキャラクターと、何かと似たような設定と、なんだか知ってるような筋書きの——つまり、いままで自分が読んで「面白い」と感じていた誰かの創作の寄せ集め、のようなものだった。いったん自分が書きためてきたものを読み返して、そうと気がついたのだ。

スガワラさんに、どんなお話が好きですか？　と訊いてみたら、答えはとても明快だった。

——あなたが書きたいと思って書いたものを、読んでみたいな。

別に、大河のような物語じゃなくていい。毎日の、ちょっとしたこと。たとえば、あなたの周りで起こった小さな変化、それがあなたの心にもたらした小さな奇跡を、読んでみたいな。

朝起きて、クロワッサンを買いに行って、コーヒーミルで豆を挽いて、書店に立ち寄って、スガワラさんと晩ご飯食べて、夜になったら、寝る。

いつしか大音量で楽曲を聴かなくても平気になった。隣室ではあいかわらずケンカが絶えないようだったけど、例のどたんばたんが始まる頃には、私はすっかり夢の中で、ぐっすり眠っていた。

こんな小さな変化を「奇跡」と呼んだら、きっと神さまに笑われる。

それでもなんでも、私は、この日常の変化を、スガワラさんが私の前に現れたことを「奇跡」と呼びたかった。

そうだ。これはきっと、天国のおばあちゃんが私のために用意してくれた、とてつもなくやさしい奇跡なのだ。

＊

夜十時。

換気のために窓を開けると、ほんのりジンチョウゲのにおいが漂ってくる。

春の訪れがほんの少しずつ、感じられるようになったある日、「ちょっと奮発した」ということで、晩ご飯のスガワラ鍋――と、その頃には呼び方が定着していた――はすきやきだった。

その前日、私はついに「脱稿」した。この三ヶ月、こつこつ書き続けていた小説がついに完結したのだ。

最後のキーを叩いた瞬間、「できたあ！」と両手を突き上げて叫んでしまった。私はランナーでもなんでもないけど、42・195キロのフルマラソンを完走したら、きっとこんな感じに違いない。

早速スガワラさんに報告した。スガワラさんは、わあっと歓声を上げて、私に抱きついた。やったね、おめでとう！ と肩を叩いてくれた。目にはほんのり涙を浮かべていた。

そしてその日、お祝いのすきやきとなったのだ。すきやきを食べ始めるまえに、私は、プリントアウトした分厚い紙の束を、謹んでスガワラさんに手渡した。スガワラさんも、謹んでそれを受けてくれた。「結納の儀みたい」とスガワラさんが言うので、笑ってしまった。

「心して読ませていただきます。ほんとうにお疲れさま。ありがとう」

スガワラさんの声が、また一瞬、おばあちゃんの声に重なって聞こえた。私は胸がいっぱいになって、思わず泣き出しそうになった。が、それをなんとかごまかしたくて、「めっちゃお腹すいた！　いただきます」と、勢いよく肉をほおばった。

すっかり鍋が空っぽになってから、私は自分の部屋からミルと豆を持ってきて、コーヒーを淹れた。「いい香り」とスガワラさんは、目を閉じている。コーヒーの入ったマグをふたつ、こたつの上へ運んで、じゃああらためてコーヒーで乾杯、となったとき。

「亜衣ちゃん。私ね、息子一家のところへ帰ることにした」

なんの前触れもなく、スガワラさんが言った。

私は、手にしたカップを台の上に戻して、スガワラさんを正面から見た。スガワラさんは、私と目を合わさずに続けた。

「やっぱり、帰ってきてほしいって。……育ち盛りの子供をふたり抱えて、あの子たちも大変みたいでね。こんな私でも、いたほうが何かと役に立つかなって……」

私は、黙っていた。違う、という声が頭の中で響いていた。

――それって年金目当てじゃないの？　孫の面倒押し付けようって魂胆だよ。

スガワラさん、きっと利用されるのがオチだよ。

行っちゃだめ。行かないで――。

「……よかったですね」

私は、声をふり絞って言った。声と一緒に、勇気もふり絞った。――行かないで、と言わない勇気を。

「もう一度、家族と一緒になれるんですね。よかった。ほんとに、よかった」

スガワラさんは、顔を上げて私を見た。涙がいっぱいたまった瞳は、かすかに震えていた。

その夜、私たちは、新しい約束をした。

スガワラさんが引っ越すまえに、彼女の勤務先の美術館を訪問すること。

いつ来ても大丈夫よ、とスガワラさんは言った。

いつでも待ってるよ。あなたが来るのを。

*

午前十一時。

三月の終わりの週末、私は初めて豊田市美術館を訪問した。

スガワラさんは、その朝、いつものように、行ってきます、と私に声をかけて出ていった。これが最後の出勤だった。彼女は明日、このコーポを出ていくのだ。

引っ越すまでに美術館を訪問する、という約束はまだ果たされていなかった。それでも、スガワラさんは、出かけるときに「今日が最後だから絶対来てね」というようなことは言わなかった。ほんとうに、いつものように出ていった。その後ろ姿を見送ってから、私はすぐに出かける支度を始めたのだった。

前の晩、スガワラさんは、鍋じゃなくて焼肉をふるまってくれた。上カルビと上ロースを惜しげもなくじゅうじゅう焼いて、さあ食べて食べて、とどんどん私のお皿に積み上げた。どういう風の吹き回しかと思っていたら、私の小説を昨夜読了したという。

おばあちゃんと孫の話。おいしいパン屋のある町に住んで、ていねいな暮らしを営むふたり。孫の少女、みゆの目線で物語は進む。片思いの彼にふられたり、おばあちゃんを楽させたくて秘密でアルバイトをしたり。絵を描くのが大好きで、画家になる夢をもっているみゆ。だけど、現実はそんなにうまくいかなくて……二十歳になったあるとき、みゆはとうとう独立する。いつかきっと夢をかなえて帰ってくると言って。そしておばあちゃんと約束する。じゃあ、きっかり五年後の今日、ふたりがいつもひまさえあれば出かけていた美術館の、いちばん好きなあの絵のまえで会おう。そのときには、きっと夢がかなっているように――と。

　結局、みゆの夢がかなうまえに、おばあちゃんはひとりぼっちで天国に逝ってしまう。約束を果たせなかったみゆは、それでも、五年後の約束の日、美術館に出かけていく。そして、あの絵のまえで、いつまでもおばあちゃんが現れるのを待っている。その絵は、グスタフ・クリムトが描いたそれはそれは美しい女性の肖像画。いつしか絵の中の女性は、若かりし頃のおばあちゃんに変わっていく。そして、みゆと再会を果たすのだ。

「どうでしたか？」

　おそるおそる、私は訊いてみた。物語は、自分が思った通りに書けたと思った。が、ひとつだけ自信がなかったのは、おばあちゃんから最後に届いたポストカードの絵――豊田市美術館にあるというクリムトの作品〈オイゲニア・プリマフェージの肖像〉を大事なオチに使ったにもかかわらず、私は実際にそれを見たことがなかったのだ。

だったら見に行けばいいようなものだが、スガワラさんの勤務先にのこのこ出かけていって、じろじろ絵を眺めたりしたら、何か迷惑をかけるような気がして、どうにも行けないまま、書いてしまったのだ。

スガワラさんは私をみつめていたが、ふいに目を閉じた。そして、ふうっと長いため息をつくと、ひと言だけ、

「ホウジョウ、でした」

と、言った。

すぐには意味がわからず、へ？　と首をかしげると、スガワラさんはふふっと笑って、

「クリムトの絵、そのものだった。すばらしいお話を、ありがとう」

ていねいに頭を下げた。私は照れくさくなって、「いえ、こちらこそ……」と、頭を下げた。

「いつか、あの絵のまえで、ほんとうに会えるといいわね。あなたのおばあちゃんに」

スガワラさんは、ぽつりとつぶやいていた。

豊田市美術館に到着した私は、鈍く輝く直方体の建物を見上げた。

くっきりと切れ味のいい四角い箱のような外観。華々しい入り口じゃなくて、むしろ地味な感じのエントランス。私がイメージしていた、いわゆる美術館の入り口とはだいぶ違って

いた。私のイメージでは、ドアの横に「考える人」の彫刻とかが、ずでんと置いてある感じ。さあさあ美術館ですよ、敷居が高いですよと来た人を拒絶してる……って、それじゃそもそもなんのための美術館なんだ、って話だが。

入ってすぐ、私はきょろきょろしてしまい、はたから見るとかなり挙動不審な様子だったに違いないが、とにかく受付まで行くと、思い切って尋ねてみた。

「あのう……こちらに、スガワラさんという方はいらっしゃいますでしょうか」

受付の女性は、少々お待ちくださいい、と館内連絡簿に目を通してから、

「スガワラという者は当館にはおりませんが」

意外なことを言った。えっ、と私は驚いた。

「だって、今朝、出勤していったんですよ。いつも通りに。いないわけないじゃないですか」

問いただされて、受付の女性は、はあ、と戸惑いの表情を浮かべた。私は食い下がった。

「スガワラさん。赤っぽい茶色のショートカットで、ちっちゃくて痩せてて、七十歳で、専門家です」

「と言われましても……失礼ですが、なんの専門の方でしょうか」

「いや、わかりません。ってか、知りません。とにかく専門性を活かして、こちらの美術館

に勤めてるって、本人から聞いたんですから。うそじゃありません」

いくら言っても伝わらなかった。私はあきらめて、スガワラさんが引っ越してきたときにもらったチケットを差し出した。それをもぎってもらいながら、「ここにクリムトの絵はありますか」と念押ししてみた。ひょっとすると、スガワラさんもクリムトも自分の妄想の産物だったんじゃないかと思えてきたのだ。

「常設展示室にございます」

ようやく胸をなで下ろして、私は展示室に向かった。と、急にお腹がぐるぐるしてきた。急いでトイレに駆け込んだ。用を足しながら、何緊張してんだ私、絵を見るくらいで……とおかしくなった。

個室のドアを開けて出ると、正面の大きな鏡の中で洗面台を一生懸命拭き掃除しているおばさんをみつけた。

——あ。

掃除のおばさんが顔を上げた。スガワラさんだった。

「あら」とびっくり顔が笑顔に変わった。あいかわらず、顔じゅうのシワを総動員して。

「亜衣ちゃん。とうとう来てくれたのね」

スガワラさんは、ピンク色の清掃員のユニフォームに身を包んでいた。私のほうはびっく

り顔のままで、

「まさか、専門性を活かした仕事って……掃除、ですか」

と、見事なオチにちょっとだけあたふたしながら言った。

「その通り。ごめんね、ちゃんと言わなくて」

スガワラさんは、少しすまなそうな声になった。

「隠してたわけじゃないのよ。だって、いつかあなたがここに来るって約束だったから、そのときには見せようと思ってたの。どんなところでも整理整頓、たちまちきれいに磨き上げる私の専門・お掃除テクがじゅうぶんに活かされているところを」

自慢の洗面所なのよ、とスガワラさんは、ほんとうに自慢げに言った。たしかに、ドアも壁も床も便器も鏡も、ちりひとつ、曇りひとつなく、輝いていた。

「すごいな。まさか、クリムト見にきてトイレに感動するとは……」

私が心底感動して言うと、スガワラさんは「ほんとに、得難い体験ね」と笑った。

「私、勤務中だからご一緒できないけど。ゆっくり会ってきてね、クリムトに。……そりゃあもう、豊饒な絵よ」

スガワラさんは、さあ、と私の背中を押してくれた。

私は、常設展示室へと静かに足を踏み入れた。

正面の壁で、花畑に埋もれたかのような色とりどりのドレスに身を包んだひとりの女性が私の到来を待っていた。

〈オイゲニア・プリマフェージの肖像〉。つやのある栗色の髪、あでやかな紅の頰。透き通るように白い肌、ふくよかな身体。かくも豊饒に、爛漫と花開いたその人が、約束通り、私を待っていてくれた。

待ってるからね。
ずっと、ずっと。

聖夜

朝、目覚めた瞬間に、ふと、雪の気配を感じた。

毎朝五時にファンヒーターのスイッチが入るようにタイマーをセットしている。だから、起き抜けに空気の冷たさを感じるというようなことはない。二重のサッシは冷気を遮断しているし、分厚いベージュのカーテンが下がってもいる。部屋の中にいれば、寒くないようにできている。だから、こんな寒冷地でも暮らしていけるのだ。

それでも、不思議なことに、あ、雪が降っている——と、東京から蓼科の別荘地に引っ越してきて以来、毎冬、気配を感じるようになっていた。

隣のベッドでは我が夫、忠《ただし》さんがこちらに背を向けて眠っている。フランネルのパジャマを着た骨っぽいけどがっしりした肩が、呼吸するたびにゆっくりと動いている。白髪頭は寝癖でごわごわだ。羽毛の掛け布団をそっと掛け直してから、フェルトのルームシューズをつっかけて、窓辺へと歩み寄る。

こっそりとカーテンの隙間から外を覗く。案の定、庭をいちめん真っ白に染め上げて、初雪が降っていた。

ほうっと息をつくと窓が曇る。十二月第一週、例年よりも早い初雪だった。

窓の向こうに広がる風景にじっと目を凝らしてみる。すっかり葉を落とした白樺の木立は、雪の降る中でなお白く、しんとして佇んでいる。夏にはみずみずしい緑陰を作り、さまざまな生命がそのもとに集っていた森は、いまはただ息を殺して降り積もる雪を受け止めているかのようだ。

「……雪、降ってるか？」

背後で声がした。振り向くと、こちらに寝返った忠さんと目が合った。私は、ふふっと笑って答えた。

「ご明察」

勢いよくカーテンを開けた。たちまち目の前に雪景が広がる。夫はむくっと体を起こして、私の隣へやって来た。

「今年は早いな。まだ十二月になったばっかりなのに」

「そうね。三ヶ月予報では暖冬って言ってたのにな」

忠さんは、うーんと伸びをすると、

「今日は薪ストーブ、焚くか」

と言った。私は「いいわね、ぜひ」と返した。

夏のあいだに忠さんがせっせと割っておいた薪が、家の裏手の薪小屋に積まれている。大学ではラグビー部、社会人になってからは会社のスキー部に所属し、家族のレジャーは夏秋は山登り、春はテニス、冬はもちろんスキーを続けてきた。オールシーズン体力には自信アリ。だから六十八歳のいまでも、薪割りなんてお茶の子さいさいだ。

私も二十八歳で忠さんと社内結婚をしてからずっと、もっぱら彼のスポーツざんまいに付き合わされて、おかげで六十二歳のいまもすこぶる健康に毎日を過ごしている。

リビングの薪ストーブで忠さんが火を起こすあいだ、私はコーヒーを淹れ、ホーローのミルクパンで牛乳をあたためる。まずはカフェオレを一杯、ゆっくりと味わいながら、雪に染まる森を眺めて、ふたつの忘れられない日を今年も迎える、その心の準備をするのだ。

「……積もりそうだな」

ダイニングテーブルに肘をついて、窓辺に雪が降りしきるのを眺めながら、忠さんがつぶやく。独り言のように。

「そうね」

私は小さく答える。やっぱり、独り言のように。

やがて巡りくる、ふたつの日。

ひとつは、十二月二十四日、クリスマス・イブ。それは、私たちのひとり息子、誠也《せいや》の誕生日でもあった。

もうひとつは、その二日まえ、十二月二十二日。

いまから十年まえ、二十一歳の誠也が、たったひとりで天国へ旅立った日だった。

*

誠也が生まれた日のことを、いまでもよく覚えている。

病院の窓辺をかすめて泡雪が舞っていた。忠さんが、どこにそんなロマンティックなセンスを隠していたのだろう、ホワイトローズの花束を抱えて私の枕元に佇んだ。「メリー・ホワイト・クリスマス」と、照れくさそうな表情を浮かべて。

「よくがんばってくれたな。いま、会ってきたよ。元気な男の子だ」

私は上半身を起こして、花束に顔を埋めると、そのまま泣き出してしまった。

「あれれ……どうしたんだよ?」

忠さんがびっくりして、あわててしゃがみ込み、私の泣き顔を覗き込んだ。私は流れ落ちる涙を拭って、きっと忠さんをにらみつけた。

「元気なんてうそでしょう? 小さかったよ、すごく。抱っこしたとき。最初は、産声も上げなかった。し……死産かと思って、私……」

新しい涙がどっとあふれた。忠さんは、私の肩を抱いて「何言ってるんだよ、元気だよ」と努めて明るい声で言った。

「新生児室で会ってきたよ。よく眠ってた」

ほんとうは「新生児室」ではなく「新生児集中治療室」だった。誕生したばかりの小さなちいさな命の灯火《ともしび》が絶えてしまわないように、あらゆる処置がなされている最中だと知らされていた。

私たちの初めての子供は、予定日より二ヶ月も早く生まれてしまった。産気づいたのは十二月二十四日の朝で、生まれたのは夜。忠さんはお産に立ち会うつもりでいたのだが、出張中の大阪から飛んで帰ってきたものの、誕生の瞬間には間に合わなかったのだ。

「……生きてるの？」

しゃくり上げながら訊くと、

「生きてるよ。元気だよ」

忠さんが微笑んで答えた。それでまた、涙があふれてしまった。

涙が通り過ぎるまで、忠さんは私の背中をやさしくさすってくれた。ようやく涙がおさまると、

「あのさ。名前なんだけど」

待ち切れないようにジャケットの内ポケットから手帳を出した。

「ふたりで相談して『一誠《いっせい》』って名前、候補にしてただろ？　でも、新幹線の中で、東京駅に到着する直前に、思いついたんだ」

手帳を広げて見せた。そこに「誠也」と書かれてあった。

「……ダジャレ？」

聖夜、に引っ掛けたんだとすぐに気づいた。忠さんは、いつも親父ギャグを口にしてしまって部下に笑われるんだよと自覚しているのだった。

「まあ、そんなとこ。シャレてるだろ？」

そう言って笑った。私もつられて、笑ってしまった。

そのとき、私たちのもとにあの子はいなかったけれど、私たちはふたりの胸いっぱいにあの子を抱きしめていた。

窓辺をかすめて舞う都会の雪は、すぐに消えてなくなるはかない雪だった。

けれど、誠也の命は消えなかった。息づき始めたばかりのあの子の命は、少しずつ強さを増し、やがてあの子の中で静かに、着実に鼓動を打つようになった。

＊

誠也に山登りの楽しさを教えたのは、もちろん忠さんだった。

未熟児で生まれつつも一命をとりとめた誠也だったが、生まれつき心臓に疾患があり、手術をしなければ五歳まで生き延びられないだろうと言われていた。私たちは、彼の生命力を信じて、難手術に踏み切った。

小さな体で誠也はよくがんばってくれ、手術は成功した。これから成長する過程で体力作りを心がけてくださいと、ドクターからアドバイスがあった。持久力をつける運動を少しずつさせるのがいいでしょう、と。それで忠さんは、息子の体がしっかりしてきたら一緒に山登りをしようと決めたのだった。

六歳のとき高尾山に登ったのを皮切りに、少しずつ色々な山に挑戦してきた。誠也はあまり勉強が得意ではなかったが、とにかく山が好きな少年に育った。

彼が小学校高学年になる頃、忠さんの実家のある長野県茅野市内の別荘地に中古の山荘を買い、毎週末、東京から親子で通った。そしてそこを拠点にして八ヶ岳と信州の山々に登った。私もときどき父と息子に付き合って山登りを楽しんだ。

おじいちゃんとおばあちゃんは毎週孫の顔が見られるようになって、それはそれは喜んだ。春には山菜、夏には川釣りでとったヤマメ、秋にはきのこの料理を作って、毎週末、家族五人で食卓を囲んだ。

忠さんは会社で要職に就くも、残業も休日出勤もしない模範的な上司になっていたようだ。もちろん、誠也と登山する時間を確保するために。

夏と秋、徐々に高く、次第に遠く、ふたりは次々に各地の名山を制覇していった。けれど冬山には登らないと約束をして、冬はもっぱらスキーに勤《いそ》しんだ。忠さんは登山家ではなかったが、冬山の怖さはよくわかっていた。登山家でないからこそ安易に冬登山をしてはいけないと、そこだけは決めていた。

中学時代、高校時代と登山を続け、誠也はたくましい青年に成長していった。そして山岳部で有名な大学に推薦入学を決めた。小さなちいさな誠也は、いつしか体の心配などどこにもない、体力と根気強さ、そしてやさしさを兼ね備えた青年になっていた。

高校生になる頃には、「お父さん、忙しいから週末休まなくちゃだめだよ」と、ひとりで登山するようにもなった。「顔見せないとおじいちゃんおばあちゃんが寂しがるからさ」と、月に一度は茅野の祖父母の家に行くことも忘れなかった。大学に入ってからは、山岳部で食事の当番があるんだと言って、カレーやもつ鍋を忠さんと私のために作ってくれた。

誠也が二十歳になった誕生日。毎年この日は、親子三人でクリスマスパーティ兼誕生日祝いの夕食のテーブルをともにしていた。

子供の頃から、友だちを呼んでの誕生日会はしたことがなかった。子供たちにとってクリスマスは家族と一緒に過ごしたほうがいいに決まっているから、あえてそうしなかったのだ。その代わり、忠さんと私は、前日から部屋を飾り付けして、誠也の好物を準備して、忠サンタは誕生日とクリスマス、ふたつのプレゼントを手渡した。

誠也のほうも、小学一年生のときから、私たちにクリスマス・プレゼントを用意してくれた。最初は山の絵、粘土で作った八ヶ岳、木の枝で作ったミニリースなど。高校時代はあったかい靴下や手袋、バンダナ、ネックウォーマー。山が大好きな、冬生まれらしいプレゼントの数々。

二十歳を記念して、あの夜、忠さんからのプレゼントは、新しい登山靴とスキー用のゴーグル。私からは、カシミアのセーターと、もうひとつは、とっておきのギフトだった。

リボンをほどいて包みを開け、お祝いの品々を次々に取り出した誠也は「わっ、『ザンバラン』のシューズだ！」「これこれ、このゴーグル欲しかったんだよ！」「セーター、めっちゃ肌触りいい！」と顔をほころばせた。

「はい。これ、私から、もうひとつ。お誕生日おめでとう」

私は、白いリボンがかかった赤い包装紙の大きな平たい箱を差し出した。

「うわ、何これ。すっげー」

誠也が驚きの声を上げた。そして、

「お母さん、誕生日プレゼントも買ってくれたんだ。忘れてるのかと思ったよ」

そう言って笑った。

「忘れるわけないでしょ。二十歳の記念に、ちょっと特別なものにしたの。だから、もったいつけてみたのよ」

私が言うと、

「えっ、なんだろ。超期待高まる〜」

誠也がわくわくしながら答えた。

「開けていい？」

「もちろん」

「ねえお母さん、これさ、クリスマスプレゼントじゃなくて、誕生日プレゼントなの？　なんで？」

「いいから、早く開けてみなって」

忠さんと私が見守る中、誠也は白いリボンをほどき、赤い包装紙を開いた。平たい白い箱のふたに両手を添えて、そっと開ける。フレームに入った複製画が現れた。

〈白馬の森〉。私が大好きな画家、東山魁夷が描いた絵だ。

「……わあ……」

ため息のような声をもらすと、吸い込まれるように誠也はその絵に見入った。

冬枯れの木立。冷たく青くとぎすまされた空気が木々のあいだを満たしている。そのはざまにすっと佇む一頭の白い馬。まるで森の精霊のようなその馬は、森の中から私たちの前に姿を現して、静かに息づいている。冬の化身のごとく凜として美しいその姿。みつめるうちに心が平らかになっていくようだ。

誠也が生まれた年に、たまたまダイニングの壁に掛けていたのが東山魁夷のカレンダーだった。日付とともに毎月一枚の季節の風景画が合わせてあって、毎日眺めて暮らしたものだ。〈白馬の森〉は、十二月――つまり誠也が生まれた月を飾っていた。予定日は翌年の二月だったが、結局誠也は、カレンダーに白馬が登場した月に生まれたのだった。

二十歳の記念になる特別なプレゼントは何がいいだろう。あれこれ考えを巡らせるうちに、ふとあのカレンダーの絵を思い出し、ネットで探して購入したのだった。

「きれいな絵だね。なんていう画家の絵なの？」

目をきらきらさせて、誠也が尋ねた。

「東山魁夷っていう、日本を代表する画家でね。私、大好きなんだ。この絵、本物を見たことはないんだけど、すごくいいなって思って」

「東山魁夷は、長野に美術館があるな」忠さんが口をはさんだ。

「そうだってね。私、行ったことないんだけど。長野市だっけ？」

私の質問に、忠さんはうなずいた。

「そうそう、そうなんだ。おれも行ったことはないけどな」

「なんだ、ふたりとも行ったことないの？　お父さん、地元なのに？」

誠也に突っ込まれて、忠さんが、

「地元ったって、おれは茅野だろ。長野県は広いから、茅野と長野市内はけっこう距離あるんだぞ」

と言い訳をするので、なんとなくおかしかった。

誠也はつくづく絵を眺めてから、

「この絵、なんだか『森の家』の風景みたいだね」

実家近くの別荘地に持っている山荘を、私たちは「森の家」と呼んでいた。毎週末、あるいは長期休暇のあいだ、森の家に出かけることが、私たちにとってどんなことよりもいちばんの楽しみだった。

言われてみると、この絵に親しみを感じるのは、あの家の周辺の風景によく似ているからなのかもしれなかった。緑も花も雪もない枯木立の風景。けれど、清冽《せいれつ》な空気に満たされた静寂の風景は、人とモノと音でいっぱいの都会の風景に倦《う》んだ心に、しんしんと染み入ってくるようだ。

「そうだな。白馬はいないけどな。鹿はいっぱいいるけど……」

忠さんが言った。蓼科の森は、冬場は人口よりも「鹿口」のほうが多いくらいだった。

「気に入った？」

私が訊くと、誠也は、うん、とうなずいて、

「ありがとう、お母さん。部屋に飾って、毎日『森の家』にいるつもりになるよ」

朗らかに言った。

それから私たちは、この日のために広島から取り寄せた牡蠣で鍋をして、今日から解禁、と日本酒で乾杯をした。忠さんは、息子と初めてお酒を酌み交わして、心底うれしそうだった。楽しそうな父と息子の姿を眺めて、私はこの幸せがなんだかこわいくらいに感じていた。

「誠也、お前、彼女はいないのか」

誠也にどんどんお酒を勧められて、いい気分になってきたのか、忠さんがふいに尋ねた。

高校時代にガールフレンドがいた時期があったが、はしかのようなもので、長続きはしなかった。大学に入ってからは、これといって恋人がいるような気配は感じられなかった。

「だって、お父さん、ずっと昔に歌、教えてくれたじゃん。♪娘さんよく聞ぃけよ　山男に

や惚《ほ》れぇるなよ〜♪　って」

誠也が「山男の歌」の一節を口ずさんだので、忠さんと私は一緒に笑い出した。

「なんだ、お前、そんな歌よく覚えてるな」

「そりゃ覚えてるよ。中学に入ったとき、いいか、山男になるなら恋人を作るな、いつ遭難するかわからないんだからな、って教えてくれてさ。何言ってんだこのオヤジって」

三人で声を合わせて笑った。

けれど誠也は、純朴にも父の教えを守っていた。恋人を作らないこと、そして冬登山をしないこと。それはひとえに山が好きだから、そして、私たち両親に心配をかけたくないからにほかならなかった。

「しかしなあ。二十歳にもなって、彼女がいないのはさびしいもんだ。もし、いい子がいたら、いっぺん連れてこい」

忠さんが言った。「だから、いないって」と誠也が苦笑した。

「それより、ふたりに聞いてほしいことがあるんだ。実はさ、おれ、二十歳になったらしてみたいことがあって……てか、ふたりにお願いがあって」

姿勢を正すと、正面から私たちをみつめて言った。

「おれを、冬山に行かせてください」

どきりとした。冬山と結婚させてくださいーーと聞こえてしまったのだ。

機嫌よくお酒を飲んでいた忠さんは、急に黙り込んでしまった。私もなんと答えていいかわからず、うつむいてしまった。

誠也は、続けて私たちに語りかけた。

「わかってるよ、ふたりが反対することは。だって、絶対に冬山に登るな、冬登山をするくらいなら登山をやめろって、子供の頃から言われ続けてきたんだから。だけど……大学の山岳部に入って、登山を極めていきたい気持ちがどんどん強くなって……冬山の面白さとか厳しさとか、先輩たちにいろいろ聞かされて……だけど、聞いてるだけじゃ、面白さも厳しさもわからないんだ。実際に登ってみなくちゃ絶対にわからないんだよ」

「それでいいじゃないか」忠さんが不機嫌な声を出した。

「夏や秋の登山のすばらしさを、これからも味わえばいい」

「なんでそんなに冬山が嫌いなんだよ」誠也はむきになって言った。

「そりゃ危険はあるけど、遭難したくてする登山家はいないだろ。誰だって万全に準備していくんだ。遭難するのは、そいつに運がないから……」

「いい加減にしろ！」

忠さんは、バン、とテーブルを叩いた。その拍子にお猪口《ちょこ》がひっくり返ってお酒がこぼれてしまった。

「おれは子供の頃から、実家の近くにある警察署が冬山の遭難者のために出動するのを何度も見てきたんだ。運だと？　生意気なことを言うな。そりゃ山男は山で死ねれば幸せかもしれん。だが遺された家族の気持ちを考えてみろ。お前がそんなナマっちょろい気持ちで冬山に行って遭難しないと誰が言えるんだ？　お前の死んだ顔をお母さんに見せたいのか？　どうなんだ、言ってみろ」

「そんな……」私はすっかり戸惑って、思わず割って入った。

「おおげさよ、お父さん。誠也は別に、すぐに冬山に行くって言ってるわけじゃないんだから……」

「いいや、こいつは本気だ。ほっとけばきっと明日にでも山に行く。で、滑落して死んじまうんだ。そうしたいんだよ、こいつは。そうでもしなけりゃ本物の山男になれないと思ってる大馬鹿野郎だ！」

誠也が勢いよく立ち上がった。唇を噛んで父をにらんでいたが、黙ったままで自室へと行ってしまった。

くつくつ、くつくつ、鍋が煮えている音が響いていた。

そうして、誠也が生まれて二十回目の聖なる夜が静かに更けていった。

＊

二十歳の冬と二十一歳の冬、誠也は本格的な冬登山のためにトレーニングを続けた。

誠也の所属している山岳部は伝統のある部で、著名な登山家や冒険家を輩出している名門だった。誠也は体力作りばかりでなく、先輩たちを訪ねては冬山について講じてもらったり、低山・中山にまずは登ってみたりと、慎重に冬山との距離を縮めていった。その真摯な姿勢に、忠さんも私も、次第に応援してやりたい気持ちに変わっていった。

あいつ、きっと大丈夫だ——と、二十一歳の誕生日を迎えたあと、忠さんがぼそりとつぶやいた。

——あいつは冬山をやっつけるよ。いい山男になるだろうな。

私も同じ思いだった。心配がないといえばうそになる。けれど、信じたかった。幼い頃に難手術を乗り越え、山に挑み続けてきたのだ。彼の強運を信じよう——。

そうして、また十二月が巡りきた。

誠也が本格的に冬山にアタックする日が決まった。十二月二十一日、谷川岳である。夏には誠也も忠さんも一緒に何度か登ったことのある山なので、私は安心していたが、忠さんは違った。冬には天気が変わりやすく、遭難率が高い山なのだそうだ。

けれど、ベテランの山岳チームメンバーとともに登るということだったので、難しい場所は避けて登頂するに違いない、きっと大丈夫だと、忠さんはまたつぶやいていた。自分に言い聞かせるように。

十二月二十日の夜、私たちはいつものように牡蠣鍋を囲んだ。忠さんと誠也は、いつになくゆったりとお酒を味わっていた。私もお相伴に与《あずか》り、鍋の湯気の中ですっかり和んでいた。

そろそろ鍋がおしまいという頃になって、またもや誠也が姿勢を正し、私たちに向かって、

「お父さん、お母さん。お願いがあります」と改まって言った。

「はい、なんでしょう」

私も背筋を伸ばして応えた。すると、誠也は少し照れくさそうに笑って、

「今度のクリスマスに、紹介したい人がいるんだ。……岡崎真由香さん、ゼミの同級生」

と言った。

「えっ」「あら」

忠さんと私は小さく言って、お互いの顔を見合わせた。

「で、ここからがお願いです」と、誠也はとっておきのアトラクションが始まるように、楽しげな声で言った。

「クリスマスはここでこうして鍋してさ、みんなで過ごしたい。それから、真由香を連れて、

みんなで行きたいんだ。……『森の家』と、長野県立美術館・東山魁夷館に」

二年まえの誕生日に私が贈った絵、〈白馬の森〉。誠也は自室にそれを掛けて、毎日眺めて過ごすうちに、いつか家族みんなでこの絵を見に行きたいと願うようになった。

できるなら、まずはひとつ、本格的に冬山を制覇して、そのあとで。

できるなら、半年まえから付き合い始めた彼女も一緒に。

「それが夢になったんだ。あの絵のまえで、みんなで一緒に、同じ時間を過ごしたいって」

誠也の目は、あの絵を贈ったときと同じようにきらきらと輝いていた。私は、なんだか胸がいっぱいになってしまって、うまく言葉にできなかった。忠さんが、徳利《とっくり》を差し出して
「さ、飲め。前祝いだ。冬山初登頂の」と、少し潤んだ声で言った。

「その夢、かなえようじゃないか。——お前が帰ってきたら、すぐに」

誠也はお猪口を差し出して、父の祝杯を受けた。そして、

「お父さん、お母さん、ありがとう」

私たちに向かって深々と頭を下げた。

「おれが生きてるのは、ふたりのおかげだよ。この命、絶対に無駄にしないから」

その翌日、誠也は旅立っていった。弾けるような笑顔で、元気よく手を振って。

それがあの子の永遠の旅路になるとは、私たちの誰も、これっぽっちも知らないままに。

＊

墓苑の駐車場に四輪駆動の車を停めた。

ダウンコートで膨れ上がった体を助手席から引っ張り出す。運転席から、よっこらしょ、と出てきた忠さんが「けっこう積もったな」と言った。

十二月二十二日。明け方から降っていた雪は止《や》み、きんと冷えた青空が広がっていた。墓苑の中に点在する墓石の上には五センチほどの積雪があった。

「まったくなあ。何もこんな寒い季節に、あいつ、急いで逝っちまわなくたってよかったものを……」

ぶつぶつ文句をつぶやきながら、墓苑へと続く石段を上がっていく。私はお湯の入ったポットと使い捨てカイロ、お供えのチョコレートやらアップルパイやらをトートバッグいっぱいに入れて、その後についていった。

誠也が亡くなったあとしばらくして、私たちは「森の家」へ引っ越した。忠さんの実家の墓所に誠也を入れることになったのだが、あいつをひとりにしたくない、そばにいてやるんだと忠さんが言い張り、そうすることに決めたのだ。

忠さんは勤務先で役員を務めていたが、早期退職をした。経営陣にも部下にも惜しまれつつ、一方で、ひとり息子を亡くした父親の思いを、皆、わかってくれた。

これからは実家の農業を手伝いながら静かに暮らしていきたい、誠也のそばで。――私に異論があろうはずもなかった。

なぜ、あのとき――行くな、とひと言、言えなかったのか。忠さんは、自分を責め続けた。あんなにも親思いの子だったのだ、もしも本気で止めたなら、わかったよ、と言ってくれたはずだ。きっと、思いとどまったに違いない。

どうして、止めてやれなかったのか――。

誠也を失った悲しみは永遠に癒えないだろう。それでも、忠さんを育んだ信州の自然の中へ帰ってきてからは、少しずつ、少しずつ、忠さんも私も、自分を取り戻していった。

毎朝毎晩、位牌に語りかけ、月命日にはふたりで墓所へ出かけた。気の済むまで天国の誠也と会話をし、夏には彼方に浮かぶ八ヶ岳の稜線が宵闇の中に消えてなくなるまで、いつまでもいつまでも、誠也の魂に語りかけて過ごした。

気がつけば、あの日から十年が経っていた。

「おれもさっさと誠也のところに逝っちまいたいよ」などと忠さんはぼやいているが、スポーツで鍛えた体とおいしい空気と水のおかげで、私たちは病気ひとつしないでいた。

――おれのところにいま来られたって、困るんだけど。

苦笑する誠也の声が聞こえてくるような気がする。あの子は、そういう子なのだ。

――生きててほしいんだよ。元気でいてくれよな、おれのぶんまで。

「私、お線香をつけてから行くわ。先に行ってて」

「ああ、頼むよ」

少し風があった。お寺の控え室で線香に火をつけていかないと、外ではなかなか着火しないのだ。線香の青い煙をたなびかせながら、私は誠也の墓所へと急いだ。

墓石の前にしゃがみ込んでいる忠さんの後ろ姿が見える。そっと近づいて、「お待たせ」と声をかけると、はっとして振り向いた。その顔には不思議な光が広がっていた。

「どうしたの？　何かあったの？」

思わず訊くと、意外な答えが返ってきた。

「ラブレターだ」

え？　と私は、ぽかんとしてしまった。

「ラブレターって、誰から、誰に？」

「あの子から……岡崎真由香さんから、誠也に」

岡崎真由香？　まゆか？……って、誰？

「あっ」私は声を上げた。

「帰ってきたら紹介したいって、誠也が言ってた……」

「そう。そうだよ、あの子だ。あの子から、手紙が、ほら」

そう言って、忠さんは手にしていた封筒を私に差し出して見せた。

〈誠也君へ〉――とてもていねいな文字で宛名が書かれてある。裏を返すと、〈岡崎真由香〉とあった。

誠也が帰らぬ人となってしまって、結局、私たちが岡崎真由香さんに会うことはかなわなかった。告別式に来ていたはずだが、誰が来たのか、誰と挨拶したのかもよく覚えていない。ひょっとすると家族になる未来も待ち受けていたかもしれなかった私たちは、誠也を失ったのち、近づきながらも永遠に交わることのない空と山になって、別れていったのだった。

その真由香さんから、誠也への手紙――。

「墓前に供えてあったの？」

訊くと、忠さんはうなずいた。

「雪に湿った様子がない。きっと、ついさっき来て、置いていったんだ」

「忠さん、さては読んだのね」

「まさか。読んでないよ。彼女からあいつ宛にきた手紙を勝手に読むなんて、そんな無粋なことはしないさ」

「あら、じゃあなんでラブレターだってわかるのよ」

私に突っ込まれて、忠さんは、「や、それは、その……」ともごもご言ってから、

「それは、あれだ。ラブレターだったらいいなって、おれが思っただけだ」

白状した。私は、ぷっと小さく噴き出した。

「でも、見てくれよ。完全に封が開いてる。っていうか、最初から閉じられていない。それは、つまり……おれたちに『読んでください』って、言ってるような気がしないか？」

ずいぶん勝手な解釈だ。だけど、私もそう思いたかった。

「ちょっと、誠也に訊いてみてくれないか。読んでもいいかどうか」

忠さんが封筒を私に押し付けた。

「え、私が訊くの？」

「そうだよ。親父に言われりゃいやだって言うだろうけど、お母さんならいいか、ってなるさ」

またまた、勝手な解釈続きだ。私は笑って「いいわ。じゃ、訊いてみる」と、墓に向かって手を合わせ、目をつぶった。

「どうだ」待ち切れないように、忠さんが尋ねてきた。私は目を開けて、微笑んだ。

「うん。いいって」

そっと封筒を開けた。中から現れたのは、一枚のノートカード。

それをみつけたとたん、忠さんと私の心になつかしい灯が点った。

――あの絵。〈白馬の森〉のカードだった。

誠也君へ
あなたが天国へ旅立ってから、十年が経ちました。
帰ってきたらご両親に紹介してくれるという約束は、果たされませんでした。
そして、あなたの大好きな絵〈白馬の森〉をご両親と一緒に見に行こう、という約束も。

私、心のどこかでずっと待っていたような気がする。

いつかみんなで、あの絵のまえで、一緒に並んで、心ゆくまで眺めるその日を。

あなたをなくしてしまって、その夢はもうかなわない――ということを受け入れるまで、ずいぶん時間がかかってしまいました。

だけど今日、私は、一歩踏み出すために、最後にあなたに会いにここまでやって来ました。

誠也君、私ね、結婚するの。あなたのことを思い切れずにぐずぐずしていた私の手を引いて、一歩踏み出そうとしてくれた人と。

それをあなたに伝えたかった。

きっと祝福してくれると信じています。


あなたとの夢をひとつ、かなえるために、私、ひとりで長野県立美術館・東山魁夷館へ行ってみようと思います。

あなたと約束したあの日。あなたの誕生日、十二月二十四日、聖なる夜が始まる頃。

待っています。あの絵のまえで。

*

冷たい桃のシャーベットのような夕日が空いっぱいに広がっている。

山々は大きな影に変わっていき、街路樹も、ビルも、家々も、すべてが夕闇の中に輪郭線をほどいていく。

まもなく聖夜が訪れるその時刻、忠さんと私は、発光するガラスの箱のような東山魁夷館の中へと入っていった。

チケットを買おうとすると、「午後五時に閉館となります。あと三十分ですが、よろしいでしょうか」と尋ねられた。私たちは、「はい」とふたり同時に答えた。

初めて訪れた東山魁夷館は、とぎすまされた空間の中に四季折々の風景画が展示され、さながら美しい自然の中を旅するがごとくである。もっとゆっくり見たいな、と思いながら、絵のまえを通り過ぎていく。きっと忠さんも同じ気持ちのはずだ。

今度は、もっとゆっくり来よう。——でも、今日は、今日ばかりは、あの絵のまえへと急いで行こう。

いくつの絵を通り過ぎただろうか。ふいに、私たちは足を止めた。

青い湖の底のように、しんと静まり返った一枚の絵。枯木立のはざまから現れた、精霊の化身、白い馬。

絵をみつめながら、ひっそりと佇む一輪のヤマユリのような後ろ姿。

それ自体、一幅の絵のようだった。

忠さんと私は、少し離れたところで、息を止めて彼女をみつめていた。絵の中の白馬も、彼女をみつめているのがわかる。

——真由香さん。おめでとう。

私は、声にならない声で、後ろ姿に向かって語りかけた。

——幸せになってね。

私たちは、そのとき、あの絵のまえでひとつになった。
美術館の窓辺にはらはらと雪が舞い始めた。
白い聖夜の始まりだった。

さざなみ

高松港の波止場に佇んで、さざなみがかすかにコンクリートの岸壁を叩くのを、ただぼんやりと眺めていた。

秋が深まりつつある、おだやかないい日だ。

ついさっき、フェリー乗り場のターミナル二階にある食堂ともカフェともいえないセルフサービスの食事処に立ち寄ったとき、店頭のおばさんがさぬきうどんをカウンターに出しながら、「お姉さん、いい時期に来てくんさったね」と気さくに声をかけてくれた。

「今年の夏は、そりゃあもう暑かったけんね。人でも犬でも猫でも、みーんなのびてしまいよったんよ」

と、言ってから、

「ほんでも、うどんはのびんかったけどね」

そのひと言で、声を上げて笑ってしまった。

待合室にずらりと並んだテーブルに自分でうどんを運び、勢いよくすすった。こしがあって、歯ごたえがいい。うどんのスープは透明なのに、しっかりと味わい深い。「おいしい」

と、思わず声に出して言った。

これがうどん県香川の本場さぬきうどんかあ、と、一滴も残さずにスープを飲み干した。人の手のぬくもりを感じられるものを、ひさしぶりにちゃんと食べた気がした。

水平線の向こうにぽつりと見えていた船影が、眺めるうちに、次第に大きくなって私の目の前に現れた。フェリーの船腹に赤い水玉模様をみつけて、あ、このフェリーだ、とうれしくなった。

赤い水玉模様のフェリーは、アートの島、直島へと私を運んでくれる「かぼちゃの馬車」ならぬ「かぼちゃの船」だった。なぜかといえば、赤い水玉は、かぼちゃの彫刻で有名な現代アーティスト、草間彌生のシンボルだからだ。

平日にもかかわらず、たくさんの観光客がフェリーから下りてきた。外国人の姿も数多く見える。「島じゅうで繰り広げられるアートの展示を見るために、世界じゅうから観光客がやって来る」と直島を紹介したウェブサイトで読んでいたが、小さな瀬戸内海の島をめがけて、まさかこれほどまでに外国人が集まってきているとは。びっくりしつつも、なんとなくうれしいような気分になる。

キャリーケースをごろごろと転がしながら、船内へと入っていく。広々としたキャビンの真ん中あたり、窓際の席に陣取った。

つい先週まで、私は、病院のベッドの上にいた。そして、テレビの旅番組で直島が紹介されるのを、偶然見た。

まさか、ほんの一週間後に、ほんとうに行くことになるなんて。

ちょっとした冒険が始まるような、わくわくした気分。弾む心を胸に抱きしめて、私は窓辺に頬杖をつき、海面すれすれに飛び交うカモメたちを眺めていた。

＊

秋の初めに子宮筋腫の手術を受け、二週間入院して、退院した。

ほんとうは一泊入院でも大丈夫だと言われたのだが、術後に熱が出たり、食欲がなかったりしたので、大事をとって長めに入院したのだ。

手術はうまくいったので心配はない、まれに術後に体調を崩すことがあるからと、医師に言われたのだが、自分でも手術自体が体調不良の原因ではないとわかっていた。体ではなく、心のほうが壊れかけていたのだと思う。

生理不順は十代の頃からずっとそうだったし、社会人になってからは、生理痛と貧血で朝起きられずに困ったものだ。その頃から、筋腫は私の子宮に巣くっていたようだ。

私は、地元の仙台市にある大学を卒業してから、やはり仙台市内にある大手生命保険会社仙台支店に、三年まえまで勤務していた。女子社員にはもれなく保障されていた生理休暇をとるのが気恥ずかしく、どんなに苦痛でも歯を食いしばって出社した。先輩女子にはすかさず気づかれて、今日アレでしょ、顔真っ青だからすぐわかる、倒れないでよ、と面白そうに言われたりした。帰っていいよ、とか、少し休みなよ、とか、言われたことは、五年間の勤務のあいだに一度もなかった。

生理痛ばかりじゃない、職場で悩まされたことは数え切れないほどあった。人間関係の面倒くささに始まって、上司や先輩のパワハラに苦しめられた。地元の友だちにパワハラを告白すると、「そんなのあたりまえじゃん、パワハラとはいえないよ」とか「セクハラじゃないだけましなんじゃない？」とか、ほとんど取り合ってもらえなかった。「辞めちゃえば」とあっさり言われもした。それがいちばん的確といえば的確なアドバイスだったかもしれない。

「んな、あおいちゃん。あんた、最近、仕事うまくいってねんでね？」

あるとき、母に問われてしまった。

「いっつも暗い顔っこして帰《け》ってけるで」

んだことね、と苦笑いして答えていたが、自分の部屋に入ったとたん、どっと涙があふれた。

この涙はどこへ流れていくんだろう、行き先のない涙だ、泣くだけ無駄だ……と思いながらも、涙は止まらなかった。

あの頃、唯一の慰みは、実家の近所にできたマッサージサロンに行くこと。ゆったりした音楽が流れる中、四十分間の施術を受ける。私の担当は同世代の男性セラピスト。絶妙な力加減で、やわらかく、ときに力強く、体の隅々までエネルギーをチャージされ、解放される気分を味わった。

終わったあとに、彼と短い会話をするだけなのが物足りなく感じた。週に一回が二回になり、一日置きになった。とうとう毎日行くようになってしばらく経ったとき、なんの予告もなく彼はその店から姿を消した。東京のサロンに転勤になったということだった。

あの夜も、いっぱい泣いた。なんの涙なのか、今度はわかっていた。彼のことを、好きになっていたのだ。恋とも呼べないほど、一方的なはかない思いだったけど。

それからもう一年、がんばって勤務を続けたが、とうとう限界が訪れた。

「私、東京さ行って、マッサージセラピストになりてんだ。専門学校さ入って資格さ取ってから、どこかのサロンさ勤めたい思てる。うちさ出ていくけど、ええよね」

父と母に告げたとき、ふたりとも、最初はちょっと驚いていたが、すんなりと認めてくれた。

「自分でそれがいちばんええで思うなら、やってみれ。なんであれ、自分からやってみること、それがいちばん大事だがらな」

元来やさしい父だったが、いっそうやさしくそう言った。困ったらいつでも帰ってくればいい、とひと言添えて。

心底、ありがたかった。応えたいと思った。いつの日か一人前のセラピストになって、故郷に帰って、自分のサロンを開こうと、こっそり誓った。

「ここのところ、あおいちゃん、ずうっと怖い顔さしてたよ」

生まれてから二十八年間、一度たりとも仙台を出て暮らしたことのない私が実家をあとにする日、仙台駅まで見送りにきてくれた母が、新幹線のプラットホームで、ふと、そうつぶやいた。

「だども、会社を辞めて東京に行くって決めてからは、お風呂上がりみでなさっぱりした顔になった。お母さんは、あおいちゃんに、いっつもそんな顔でいでほしいんだ」

私は、母に向かって笑いかけようとした。それなのに、泣き顔になってしまいそうだった。あわてて涙を引っ込めて、

「お風呂上がりの顔、キープするからね」

行ってきます、と手を振って、車内へ乗り込んだ。車窓の向こうで、母も、涙をこらえて

いるのか、くしゃみする直前みたいなヘンな笑顔で、新幹線が動き出すまで、ずっと手を振り続けていた。

その一年後。学校を卒業して、渋谷のマッサージサロンで勤務を始めた。

そこでも、やっぱりパワハラに遭った。だけど、私を指名してくれるとてもいいお客様にも出会った。

ここで辞めたら負けだ、がんばらなくちゃと、ひどい生理痛と闘いながら、二年、がんばった。

けれど、一ヶ月まえ、勤務中に貧血で倒れ、救急車で病院に担ぎ込まれる騒ぎになってしまった。

診断の結果は子宮筋腫で、早めに手術したほうがいいと医師に告げられた。

覚悟を決めて、有休をもらおうと店に出向いた。私と同年代の女性の店長は、冷たいまなざしを私に向けて、言った。

「店に迷惑かけといて、有休ってどういうこと？　あんたが救急車で担ぎ出されたから、うちの店、評判ガタ落ちなんだよ。無茶な施術してお客にケガさせたんじゃないかって言われて。どう責任とってくれるの」

私は何も答えられずに戸惑うばかりだった。店長は、さも呆れたように大きなため息をつ

くと、

「もう来なくていいから」

一方的に追い出されてしまった。

誰にも相談できないまま、私は入院して手術を受けた。そして、丸二週間、病院のベッドの上にいた。

味気ない食事をもそもそと口に運び、点滴を打って、どうにか少しずつ体力を回復させた。

――これから、どうしようか。

気がつけば、友だちとはすっかり疎遠になり、好きな誰かがいるわけでもなく、尊敬する上司や先輩に恵まれたこともない、そんな状況になっていた。故郷で見守ってくれている父と母には打ち明けられず、私は、いつしかひとりぼっちで人生の脇道にぽつんと佇んでいた。

――どうしようもないな……。

明日には退院するという最後の夜、病院のベッドの中で、つけっぱなしのテレビを見るともなしに見ていた。

おだやかに凪《な》いだ瀬戸内海が画面いっぱいに映し出されていた。水面に白波を削って、赤い水玉模様の船腹のフェリーが進む。到着した波止場には、赤い地に黒い水玉模様の巨大なかぼちゃの彫刻がすてんと座っている。

『アートアイランド、直島に到着しました〜！』

レポーターの女性が、かぼちゃを背景に背伸びをして、

『あー、すっごく気持ちいい！　なんだか、着いたとたんに気持ちがすっきりしちゃいました。これもアートのパワーかな？』

さも爽快そうに叫んでいる。おおげさだなあ、と思いながら、いつしかそのレポーターとともに、私は、テレビの中のアートアイランドを巡っていた。

豊かな自然の中に、現代アートの彫刻が点在している。あるいは、なつかしい風情の古民家の内部に池が作られていて、水の中でデジタル・カウンターの赤や緑の数字が星座のように瞬いている。お座敷にぽつりと置かれた小さな椿の花は、なんと精巧な木彫の作品だそうだ。へえ、こういうのもアートなんだ。

そのほかにも、ホテルと美術館が一体になった場所があったり、お寺の中にミステリアスな光だけの作品の展示があったり……。

なだらかなスロープに沿うようにしてコンクリートの長い壁がある。壁面には「地中美術館」とサインが浮き上がって見えている。その前に立っているレポーターが朗らかに言った。

『この美術館には、印象派の巨匠、クロード・モネの大作、〈睡蓮〉が展示されているそうです。だけど、カメラはＮＧなので、ここは私だけで。じゃあ、行ってきまーす！』

カメラに背中を向けると、元気よく壁の向こうへと遠ざかっていった。

画面が切り替わった。さっきフェード・アウトしたレポーターは、今度は壁の向こう側からカメラに向かって歩いてくると、ぴたりと足を止めて、はあーっとため息をついた。

『すてき。とっても、とーっても、すてきでした。ぽかーんと大きくて真っ白な空間に、ふーっと浮かび上がった睡蓮の池。しーんとしてて、まるで、水の中に吸い込まれるみたいで……なんだろ、私、泣きそうになっちゃいました』

カメラがとらえた彼女の瞳は、ほんとうに潤んでいるように見えた。

『みなさんにお見せできないのが、残念です。ぜひ、見にきてください。絶対、お勧めします』

それまでは、シナリオ通りにセリフをしゃべっている感じだったが、肝心の作品を視聴者に見せられない、それを本気で残念がっているようだった。

——どんな絵なんだろう。

スマートフォンで画像検索してみた。「モネ　睡蓮」と入力すると、瞬く間に小さなスマホの画面が睡蓮の花で埋め尽くされた。

絵とかアートにそれほど詳しくはなかったけれど、そんな私でも知っている睡蓮の絵。ぽかーんと大きくて真っ白な空間に、ふーっと浮かび上がった睡蓮の池。

そこに行って、絵の中の睡蓮に向き合ってみたい。

なぜだかわからないけれど、すぐにでもベッドから抜け出して、飛んでいきたいような気持ちになった。

そんなこと、できっこないのに。直島なんて、どこにあって、どうやって行くかもわからないくせに。

心の中で、私と私の問答が始まった。

——あの絵のまえに行くなんて、できっこないよ。

——なんで？

——だって、病み上がりだし。

——明日には退院だよ。

——お金、そんなにないし。

——ずっと無駄遣いしないで貯金してきたじゃん。

——仕事で忙しいし……。

——何言ってんの。もう、お店に行かなくてもいいんだよ。

私は、うつむけていた顔を上げた。テレビのスイッチを切り、スマホで「直島　アクセス」と検索してみた。

それから、高松行きの飛行機の便を調べ、予約した。高松空港から高松港までのリムジンバス。高松港からフェリーで直島へ。港から地中美術館までのバス。さぬきうどんのおいしい店。地中美術館の建築家の名前。クロード・モネ。睡蓮。

退院する朝、私のひとり旅のプランはすっかり整っていた。

＊

テレビで見たのと同じように、赤に黒の水玉模様の巨大なかぼちゃに迎えられて、直島の宮浦港にたどり着いた。

そこから町営バスに乗り、いくつかの集落を過ぎて、「つつじ荘」で下車。「ベネッセアートサイト直島」の無料バスに乗り換えて、まずは地中美術館に直行した。

銀色に鈍く光るコンクリートの打ちっぱなしの建物。わあ、ここかあ、とすでに感動しながら入っていくと、そこはチケットセンターだった。美術館はそこから歩いて五分ほどのところにあるという。「すぐにわかりますか?」と訊くと、チケット売り場のスタッフの男性がにこやかに答えてくれた。

「はい、この先の道を右手にまっすぐ歩いていらしてください。途中にモネのジヴェルニーの庭を模した睡蓮の池がありますので、そちらを左手にご覧になりながら行かれると、よろしいかと思います」

道沿いに豊かな緑に縁取られた小さな池があった。睡蓮は咲いていなかったが、柳の枝が水面すれすれにかすめて、そよ風にゆらりとやわらかく揺らいでいる。

モネは、かつてパリ郊外のジヴェルニーという美しい村に住んでいて、そこに広大な庭を作った――ということを、ネットで調べて興味をもった。旅の前日に本屋へ行き、モネとジヴェルニーにまつわる本も買って、飛行機の中で読んできた。絵を描くのと同じくらい庭作りに丹誠を込めた画家。フランスの庭といえば、ヴェルサイユ宮殿のような豪華な庭園を思い浮かべるが、モネはそうではなくて、野辺の花々を好んで植え、池には柳やアヤメを配置し、太鼓橋を架けて、大好きな日本へのオマージュにしたのだそうだ。百年もまえの芸術家が日本に興味を抱いていたなんて、なんだか急にモネを身近に感じて、うれしくなってしまった。にわかアートファンではあるけれど、直島に到着するまでに、私の心はすっかりモネに奪われていた。

道沿いに、「地中美術館」のサインのある壁が見えてきた。ただそれだけで、私の心は躍った。なだらかなスロープを上っていくと、ごく小さな入り口に行き当たった。

――へえ、ずいぶん小さな入り口なんだな。小さい美術館なのかな？

そう思いながら入っていくと、やはり打ちっぱなしのコンクリートの壁にはさまれたせまい通路があり、さらに先へ進むと、四角い中庭をぐるりと巡るスロープに出る。入り口からは想像もできない、とても斬新な風景を建築が創り出している。まだどこにもモネはない、だけどこの先のどこかにモネが待っている。そう思うと、次第に期待が高まってくる。

美術館にはモネだけでなく、ほかに、ウォルター・デ・マリアとジェームズ・タレルというふたりの現代アーティストの作品が、それぞれのスペースに展示されているということだったが、まずはとにかく〈睡蓮〉のスペースへ。そのことしか頭にはなかった。

薄暗い前室にたどり着いた。スタッフに声をかけられて、靴を脱ぎ、スリッパに履き替える。これまで何度か美術館に行ったことはあったが、展示室に入るのに靴を脱いだのは初めてのことだった。そんなことのひとつひとつが、私には新鮮だった。

そうして、私は、とうとう――〈睡蓮〉の絵のまえに、立った。

ぽかんと大きな空間。床は小さな白い石のモザイクが埋め込んであり、壁も天井も白。けれど、まぶしい白ではなく、白鳥の羽のようなやわらかな光に包まれた白だ。

展示室は天上の光に満たされ、その中に〈睡蓮〉の絵が浮かび上がっている。私は、言葉をなくして、ゆっくりと、強く、静かに――絵の近くへと引き寄せられた。

正面に横長の睡蓮の池が広がっている。左右両側の壁にも一点ずつ。振り返ると、出入り口を真ん中にして両側の壁にも一点ずつ。全方位、睡蓮の池に囲まれている。

睡蓮の池は、たそがれの空を映しているのか、紫がかった薔薇色。そこに群れて浮かぶ睡蓮の花の淡い白と、深緑の葉。茜雲が映る水面の下にはしなやかに藻が揺れている。水の中と、水面と、空。みっつの世界が池をはさんで響き合っている。

「――うわあ……すごい……」

思わず声に出してしまって、はっとして右手で口をふさいだ。

展示室には、ひとり、先客がいた。私が入っていったとき、正面の絵の真ん前に初老の男性が佇んでいたのだ。が、その人は、私が近づいていくのに気がついて、静かに正面から退き、自分が立っていた位置をごく自然に譲ってくれた。

私は絵に強く引き寄せられるあまり、彼の気遣いにすぐには気づかなかった。けれど、無言であとから来た人にベストポジションをバトンタッチする行為に、アートを愛する人の暗黙のマナーを感じて、すてきだな、と思った。

平日の午後だからか、訪れる人がなく、私は長いあいだ〈睡蓮〉の絵のまえに佇み、また、部屋の中を行ったり来たり、離れたり近づいたりして、心ゆくまで絵を楽しみ、心の中で声にはならない声でモネと対話をした。じっくりと話し込んでいるような、何も話さなくてもわかり合っているような、そんな感じ。ずっと昔から知っている友だちのような。あるいは、やさしい父のような。

　飛行機の中で読んできたモネの本に、画家の写真が載っていた。ふさふさとした白いひげ、ハンチングを被り、煙草をくわえて、絵筆とパレットを右手に持った、恰幅のいい、やさしげなおじさん。

　なんとなく、父のことを思い出した。モネとは似ても似つかぬ正しい日本のおじさんだけど、そういえば、生まれて初めて地元の美術館に連れていってくれたのは、父だった。小学生の私を、日曜日、誘ってくれたんだっけ。――なあ、あおい、お父さん、行きたい展覧会があるでな。付き合ってくれんか？

　――お父さん。

　なんだろう、ふいに涙がこみ上げてしまった。こぼれそうになって、そっと指先で目を押さえた。

　――やだ、恥《し》ずかしいわ。……人がいるのに。

　さっきの男性が部屋のどこかにいるとわかっていた。私も相当の時間、そこに居続けていたが、彼のほうが私より先にいて、ずっと長居をしているのだ。そして、私の視界をさえぎるまいとしているみたいに、少しずつ、少しずつ、部屋の中を移動していた。まるで存在を消すように。そして、私の背中を見守るかのように。

　――そろそろ、行かなくちゃ。

離れがたかった。だけど、また明日も来るよ、と絵に約束して、振り向いた。

そこには、監視員以外、誰もいなかった。

あの男性は、いつのまにか姿を消していた。

＊

島内にある民宿の二階の四畳半の和室で、さわやかな朝を迎えた。

カーテンを開けて、窓を全開にする。ひんやりと澄んだ空気が流れ込んで、おだやかな朝の光が家々の瓦屋根を、電線をきらめかせている。ごく普通の日本の田舎の景色、けれど渋谷あたりでは決して目にできない、どこかなつかしい風景。

私は、大きく伸びをして深呼吸をした。

こんなに気持ちのいい朝を迎えたのは、ほんとうにひさしぶりだった。

東京のサロンに勤務していたときは、朝がくるのが怖くて眠れなかった。寝てしまって、目が覚めたら、朝になっている。そうしたら、満員電車に押し込まれて、重たい足を引きずって、店のドアを押して入っていって……また一日が始まってしまう。だから――寝たくない、目覚めたくない。そんな毎日の繰り返しだった。

お味噌汁とご飯のにおいが階下から漂ってきた。ぐう、とお腹が正直に応えて、ひとりで笑ってしまった。

「すみません、おかわりしてもいいですか？」

その日の宿泊客は私だけだった。食堂で、ぱくぱく音がするくらいの勢いで朝食をたいらげ、あまりにおいしくて、ご飯をおかわりした。民宿のおばさんは、にこにこして、

「お姉さん、元気がええね。ようけ食べんさい、食べんさい」

お茶碗に山盛りにご飯をよそってくれた。さすがにそれは食べられないかも、と思ったが、海苔とお漬け物でぺろりと食べてしまった。

「ごちそうさまでした。こんなにおいしい朝ご飯、ほんと、ひさしぶり。おばさん、ありがとうございました」

両手を合わせてそう言うと、おばさんは、いっそううれしそうな笑顔になって、

「お姉さんもアートのパワーをもらいよったんね」

と、言った。この島へやって来た人たちは、みんな、アートに触れて、いっぱいパワーをもらって、よく寝て、よく食べて、すっかり元気になって帰っていくのだと教えてくれた。

「外から来た人ばかりじゃねえんよ。私ら島のもんも、ここがアートの島になってから、ずいぶんとパワーをもらったんよ。ほんまにな」

特に銭湯を改造してアート作品にした大竹伸朗の「I♥湯《アイラブゆ》」が好きだという、私よりもよ

っぽど現代アートに詳しいおばさんに、島の見どころをよくよく聞いて、出発した。

なつかしい風情の集落をぶらぶらして、アート鑑賞をして回った。集落で見られるアートは古民家を利用したところが多いので、美術館を訪れるような緊張感がなく、リラックスして訪ねられる。そう、まるで友だちの家に気軽に遊びに行くように。カップルやひとり旅ふうの学生や外国人観光客とあちこちですれ違ったが、「直島にアートに会いにきている」という空気をシェアしている者同士、言葉を交わさなくても同志のような気分になっていた。

ちょっとぜいたくをして、アートサイトのホテルのレストランでランチをした。海を眺める窓際のテーブルで、ひとり、ワインで乾杯した。

乾杯。誰に？

——そうだ、モネに。

スマホでフェリーの時刻表を検索して、十七時三十五分宮浦港発の宇野港行きフェリーに乗ることにした。

直島に一泊したあと、岡山へ出て、新幹線で東京へ戻ろうと考えていた。が、急きょ予定変更。倉敷に大原美術館というすばらしい美術館があるから立ち寄ったらいいと、ランチをしたレストランでとなり合ったアート好きのご夫婦が教えてくれたので、せっかくここまで来たんだから寄ってみよう、と思い立ったのだ。

倉敷の駅前のビジネスホテルをスマホで予約した。今夜は倉敷でままかり寿司を食べて、明日朝いちばんで大原美術館へ行こう。こんなこともできるようになったんだなあと、ちょっと自分を頼もしく思った。

少しずつ西に傾き始めた太陽が瀬戸内の海をはてしなくきらめかせている。その風景を眺めるうちに、私の中の浜辺にさざなみが寄せては返すのを感じていた。

それは、きのう、あの絵のまえですでに感じ始めていたものだった。レース編みのように白く繊細な泡を立たせながら、やさしいさざなみは、色んなものが沈殿してぐずぐずしていた私の内側をきれいさっぱりと洗い流してくれた。

——もう一度会いに行こう。

私は、ホテルのまえで地中美術館行きのバスに乗った。最終入館時間、十六時にぎりぎり間に合った。

でも、フェリーの時間を考えると、十六時四十分チケットセンター前発のバスに乗り、町営バスに乗り継がなければ間に合わない。ほんとうに三十分も見られないかもしれない。

それでもいい。もう一度、あの絵のまえに行こう。

——モネに会いに行くんだ。

その思いを果たすために、私は駆けていった。

＊

うっすらとしたもやのような白い光の中に、睡蓮の池が浮かび上がっている。

そのまえに、カップルらしき外国人の男女が一組、それに女子学生三人のグループが、思い思いに佇んで見入っている。

――ああ、やっぱり。

私は、ふたたび絵のまえに吸い寄せられながら、睡蓮の池からこちらに向かって寄せくるさざなみを感じた。

やっぱり、この絵は、生きているんだ。

この絵の中から風が吹いてくる。だから、こんなふうにさざなみが……私のもとに届くんだ。

私は、吹きくる風を心地よく全身に受け、裸足を清らかな水にひたして、ただささざなみに洗われていた。

仕事、職場の人間関係、予期せぬ病気、苦しみ、思い悩んだあれこれが、遠くへと流されていった。

透き通った白い光に包まれて、私は、どこまでも満ち足りた時間の中を浮遊した。

どれくらい時間が経っただろうか。

気がつけば、澄み渡った水底のような展示室には、私ひとりきりになっていた。

——もう行かなくちゃ。

離れがたい思いでいっぱいだった。けれど、またきっと来ようと心に誓って、〈睡蓮〉に背を向けた。

——あ……。

私は、はっとして息をとめた。

出入り口に見覚えのある人が佇んでいた。きのうの、あの初老の男性だった。

私は反射的に会釈をした。すると、男性も微笑んで会釈をした。

「また、来られていたんですね」

声をかけられた。「あ、はい」と私は、また反射的に答えた。

「そちらも……ですね」

男性は、ふふ、と笑った。

「お互いさまですね」

そう返されて、私も笑った。

「こちらへは、よく来られるんですか？」私が尋ねると、

「ええ、ちょくちょく」

彼が答えた。ということは、この島の住民なのだろうか。

「いいですね、うらやましい。ちょくちょくモネに会いにこられるなんて……」

つい、本音をこぼしてしまった。男性はやわらかな微笑を浮かべた。

「あなたは、どちらからいらしたのですか」

「東京です。体調を崩して入院していたんですけど、入院先でこの美術館を紹介するテレビ番組を見て、元気になったら行こうと思って。退院してすぐ、飛んできちゃいました」

余計なことを言ってしまったが、

「そうでしたか。お元気になられたんですね。それは、よかった」

男性は、慈しみ深い声で応えてくれた。

「はい。この島に来て、アートのパワーをもらって、もっと元気になりました。また、来たいです」

不思議なことに、私は、その男性に自分のことをぜんぶ話してしまいたいような気持ちになっていた。どんなことでも受け止めてもらえる気がしたのだ。まるで父のように。――そんなことはできっこないし、そんな時間もない。そうわかっているけれど……。

私は腕時計を見た。――十六時三十七分。

「あっ」と私は、思わず小さく叫んだ。

「バスが出ちゃう。すみません、私、もう行かなくちゃ」

大あわてで出入り口に向かった。男性とすれ違いざまに、一瞬足を止めて、ぺこりと頭を下げた。

「ありがとうございました。お目にかかれてよかったです」

それから、猛ダッシュで停留所に向かった。

息を切らしてチケットセンターにたどり着いたときには、ちょうどバスが通りの向こうへ走り去っていったあとだった。私は、へなへなとその場に座り込んでしまった。

——どうしよう。タクシーを呼んだら間に合うかな。いや、間に合わないか。そもそもタクシーなんてあるのかな……。

と、そのとき。

目の前に、一台の黒塗りの車が停まった。私は、不審に思って立ち上がった。後部座席の窓が音もなく下りて、さっきの男性の顔が現れた。

「終バス、逃しましたか。お送りしましょう。よろしければ、乗ってください」

私は、呆然とその場に立ち尽くした。が、送ってもらうほかに選択肢はなかった。

生まれて初めて、見知らぬ男性の誘いを受けた。そして、生まれて初めて、黒塗りのリムジンに乗った。

港に着くまでのほんの十分間、彼と私は会話をした。

まず、私からの話。仕事の無理がたたって体を壊し、その結果、入院して、この島に来て、モネに会って、自分の生き方をみつめ直すきっかけを得たと、すなおに話すことができた。

男性は、父のようなやさしいまなざしを私に向けて、静かに受け止めてくれた。

それから、彼の話。子供の頃に会社の経営者だった父親にこの島に連れてこられて、この島が好きになって、この島で何かできないかと考え始めた。たとえば、アートで島民を元気づけ、ここを訪れる人たちにもパワーを与えられないかと。それこそが、彼の人生における最大の夢になった。

彼は夢を実現するために、並々ならぬ努力をした。多くの人を巻き込み、協力を得た。多くのアーティストたちが賛同して参加してくれた。そして、とうとう夢が実現した。

「あなたが今日、見てくださったこの島のすべては、私の夢がかたちになったものなのです」

私に負けず劣らず長い時間をかけて、あなたが〈睡蓮〉を見ている姿を、まるで夢の続きのようにみつめていました——と、彼は教えてくれた。

車が港に到着した。私は車を降りて、後部座席の彼の目のまえに立った。彼はまた窓を下ろして、まぶしそうな目を私に向けた。

「ありがとうございました。お目にかかれてよかったです」

さっきと同じことをもう一度言って、一礼をした。ほかに言葉がみつからなかった。男性も、白髪頭をちょっと下げて、言った。

「こちらこそ、来てくださってありがとう。また、お会いしましょう。あの絵のまえで」

私は、微笑んだ。はい、と元気よく答えて、手を振った。男性も、軽やかに手を振り返してくれた。


フェリーの甲板に出て、手すりにもたれてみる。夕闇の中に、赤に黒の水玉のかぼちゃが、すてんと座っているのが見える。

船が波止場をゆっくり、ゆっくりと離れていく。コンクリートの岸壁に寄せては返すさざなみが遠ざかっていくのを、私は見守っていた。

潮風が吹き渡っていた。そのさなかに私は立っていた。

新しい私が、佇んでいた。

作品内に登場する絵画

ハッピー・バースデー

〈ドービニーの庭〉フィンセント・ファン・ゴッホ
1890年
ひろしま美術館蔵

窓辺の小鳥たち

〈鳥籠〉パブロ・ピカソ
1925年
大原美術館蔵

檸檬

〈砂糖壺、梨とテーブルクロス〉ポール・セザンヌ
1893−1894年
ポーラ美術館蔵

豊饒

〈オイゲニア・プリマフェージの肖像〉グスタフ・クリムト
1913/1914年
豊田市美術館蔵

聖夜

〈白馬の森〉東山魁夷
1972年
長野県立美術館・東山魁夷館蔵

さざなみ

〈睡蓮〉シリーズ5点　クロード・モネ
1914−1926年
地中美術館蔵

※時期により、展示されていない可能性もあります。

解説――「ハッピー・バースデー」

古谷可由

フィンセント・ファン・ゴッホ Vincent van GOGH（1853－1890）
〈ドービニーの庭〉１８９０年 油彩、カンヴァス 53・２×１０３・５㎝

ゴッホが亡くなる約二週間前に描かれた最晩年の代表作のひとつで、弟テオに宛てた手紙にも言及されている。ドービニーはゴッホが敬愛したバルビゾン派の画家で、この作品はその邸宅と庭を描いたもの。

この庭を描いたほぼ同寸同構図の作品が、もう一点存在する。現在スイスの個人蔵となっているもので、その作品には庭を横切る黒猫が描かれている。本作品でいうと画面中央左下の塗りつぶされているかのように見える部分がそれにあたるが、この部分をめぐって早くも一九三〇年代から、本当に黒猫は描かれていたのか、描かれていたとして誰が、いつ、何のために消したのかが折に触れて議論されてきた。

ゴッホが亡くなった後、さまざまな人の手を経て現在に至る。一時、ベルリンのナショナル・ギャラリーが所蔵していた時期もあり、またニューヨークのメトロポリタン美術館に寄託されていたこともある作品だが、広島に来てすでに約半世紀が過ぎようとしており、いまでは愛好者の間で「広島のゴッホ」として親しまれている。

本文の中で「力強くまばゆく、光に満ちた夏の庭の風景」と言及されるこの作品は、確かに緑色を基調とした庭の中で真夏の光をあびて輝いている。しかし、明るいにもかかわらず、音を感じることのできない静けさが広がる。広島の「八月六日」に重ねられて物語が進むが、確かに広島の夏のイメージともオーバーラップできる。いまでは「広島のゴッホ」であると同時に「ヒロシマのゴッホ」であるのかもしれない。

――ひろしま美術館　学芸員

解説――「窓辺の小鳥たち」

孝岡睦子

パブロ・ピカソ　Pablo PICASSO（1881 - 1973）
〈鳥籠〉１９２５年 油彩、画布 81・5×１０１㎝

〈鳥籠〉の鳥は、決してとらわれた「籠の中の鳥」ではなく、自由に自分の意志で飛び立つことができる。描かれた部屋からも、あるいはキャンバスそのものの外へも。そして、舞い戻ってくることも自由なのだ。

この絵は、「小鳥」たちを結び付け、解き放つ。「小鳥」たちの心のままに。〈鳥籠〉に描かれる籠は、詩帆となっしーがともに暮らす場であり、ふたりの長年の関係でもあるのだろう。対象的な生き方と性格をもちつつも、このようなかけがえのない「籠」を共有するふたりの在り方は、まるで〈鳥籠〉そのもののようだ。

〈鳥籠〉は、フランスに生きたスペイン人であるパブロ・ピカソによって一九二五年に完成された。第一次世界大戦中から一九二〇年代において、ヨーロッパの前衛芸術家たちが伝統や古典的表現を強く意識した、そのような時代に制作されたものである。新古典主義と呼ばれるこの時期のピカソの画風が、本作の安定した構図からも見ることができる。一方で、多視点から描写されたテーブル上の静物は一九一〇年前後のキュビスム様式の残像を、彫像の強調された影は一九二四年にパリで台頭する芸術運動シュルレアリスムからの影響をほのめかす。

つまり、〈鳥籠〉は、キュビスム、新古典主義、そしてシュルレアリスムといった複数の様式を一枚のキャンバスの内に取り込みながら、新たなひとつの作品として生み出されたものなのだ。それは、生涯を通じてあるひとつの表現手段や様式にとらわれることなく、自由にそれらを変化させ、時には過去のものに戻りつつ新たな創造を続けたピカソ自身を代弁するような作品（＝「籠」）でもあると言えるだろう。

このような〈鳥籠〉を介して始まった「窓辺の小鳥たち」の物語は続き、詩帆となっしーは「自由になるふたつの手」でもって、自らの意志と勇気で再び新しい「籠」を創っていくことだろう。

――大原美術館　学芸員

解説——「檸檬」

今井敬子

ポール・セザンヌ　Paul CÉZANNE（1839－1906）
〈砂糖壺、梨とテーブルクロス〉1893－1894年 油彩、カンヴァス 50・9×62・0㎝

「りんごの画家」と呼ばれたセザンヌは、風景画、人物画、水浴図、そして丸い果実をモティーフに数々の静物画に取り組んだ画家である。南フランスの都市エクス＝アン＝プロヴァンスで育ったのち、パリに出て印象派のピサロ、ルノワール、モネらと交流し、外光のもとで自然の風景を描くようになった。その清澄な光が満ちるパリ郊外の村の景色、あるいは眩い陽光に照らされた南フランスの光景には、セザンヌが自然との対話により絵筆で表す術《すべ》を得た、瑞々しい感覚の世界が息づいている。

セザンヌは「孤高の画家」とも呼ばれた。パリの画壇からひとり離れて続けられた制作活動や、比類ない作風だけでなく、画家仲間や親友ゾラとのすれ違いのエピソードも、この称号の証として語られる。

〈砂糖壺、梨とテーブルクロス〉では、果物たちがにぎやかに睦み合う。ロココ調の愛らしい砂糖壺を囲む十一の果実たち――りんご、梨、マルメロなどが、机の傾く先への転落に抗いながら絶妙のバランスのなかにとどまっている。甘い果実たちの表皮が、赤から黄、そして緑へと、艶やかに色彩を転じて連なるその脇で、黄色いレモンは独立し、きりりと在る。

他方、テーブルクロスで形成された山の稜線の陰に、もうひとつの果実が潜む。十二番目は、地味で慎ましやかなりんご。この静物画を群像図に見立てるならば、耀くレモンも、引っ込み思案なりんごもまた、群れることなくひたむきに絵画に身を捧げた、画家自身の姿に重ね合わせられるかもしれない。

この絵のなかで、〝私〟はセザンヌと出会い、対話することが出来たのであろう。

――ポーラ美術館　学芸員

解　説──「豊饒」

西崎紀衣

グスタフ・クリムト　Gustav KLIMT（1862–1918）
〈オイゲニア・プリマフェージの肖像〉1913／1914年 油彩、カンヴァス 140×85㎝

グスタフ・クリムトはウィーン社交界の女性の優美な肖像を数多く残している。古典的な表現や「黄金様式」の時代を経て、一九一〇年代のクリムトは、背景に東洋的なモティーフを加えた色彩豊かな女性像を大胆な筆さばきで描いた。本作のモデルはクリムトのパトロンで、元女優のオイゲニア・プリマフェージである。クリムトの最も重要なパトロンの一人であった銀行家オットー・プリマフェージが、妻へのクリスマスのプレゼントとして描かせたといわれる。

着物やカフタンドレスにも喩えられる、ゆったりとした衣装は装飾的に描かれ、オイゲニアの身体の存在感は希薄である。様式化された身体は奥行きのない抽象的な背景と同一平面のように描写されているが、一方で写実的な頭部や手の存在が画面に独特な雰囲気をもたらしている。画面右上の東洋的なモティーフは、大胆に断ち切られた鳳凰である。クリムトは若いころから東洋の美術全般に強い関心を持ち、美術工芸品を収集して研究するなど造詣も深く、鳳凰の図像的特徴を的確に描いている。鳳凰は作品に特異な印象を与えるだけでなく、半円形の緑のアーチを画面の中央から左へと押し出して作品の対称性を崩し、画面に動勢を生みだす役割を担っているようだ。画面全体に黄色や緑をはじめ、オレンジ、マゼンタ、紫、コバルトなど、多様な色を用いているが、クリムトは絵具に白や他の色を粗く混色することで色味を変え、鮮烈なしかし調和のとれた彩色に仕上げている。具象と抽象の並置、対称性の破れ、色彩の華やぎが相互に作用して、実在する女性があたかも架空の世界に佇むような印象を生みだしている本作は、晩年のクリムトの肖像画の特徴をよく表している。

鳳凰が舞い、花と色彩に溢れた「女神」と対面して、亜衣のなかに生まれた小説への思い、そして作品へと彼女を導いた全ての縁が、彼女にとっての豊饒なのかもしれない。

――豊田市美術館蔵　学芸員

解説――「聖夜」

松浦千栄子

東山魁夷（1908－1999）
〈白馬の森〉1972年 紙本彩色 152・0×223・0㎝
取材地：山梨県、富士山五合目のブナ原生林

〈白馬の森〉は、一九七二年に東山魁夷が描いた連作「白い馬の見える風景」の中の一点。本作は連作中、最大の作品で、同年の改組第四回日展に出品された。東山魁夷の作品には、特に戦後に制作された作品において、生き物がほとんど登場しないことが特徴といわれ、

「白い馬の見える風景」連作は画業のなかでは例外的な作品と言える。しかし、一方で代表作として広く知られ、白馬は東山魁夷作品のアイコンとして親しまれている。

風景は実在の景色に取材されたものだが、白い馬は東山の幻であったという。制作中にしばしばクラシック音楽を聴くことがあったという東山だが、この連作の白馬は、オーケストラの調べにのって、風景の中を横切って行ったという制作時のエピソードが伝わっている。制作年の一九七二年は、東山の画業中でも最大の仕事といえる、唐招提寺御影堂障壁画の襖絵の制作に取り組む前年で、後年東山は白馬を「(鑑真和上に対する)祈りのあらわれ」であったと回想している。

大小十九点の作品に登場した白馬は、連作の起点とされる〈緑響く〉では、水辺を闊歩する姿がはっきりと描かれるが、新緑の風景から、冬の荒野へと、季節や風景が移り変わるなかで、少しずつはかなげな姿となり、〈綿雲〉では空に舞う。〈白馬の森〉はこのちょうど中間の作品といえようか。輪郭はおぼろげになり、青白い森の中に、ぽうっと浮かび上がるようにたたずんでいる。

画家自身は白馬の表す意味を、「見る人の心にまかせたほうがよいと思う」と言った。見た人の数だけ答えがあるのだろうが、原田氏はそこから物語を生み出した。「聖夜」は〈白馬の森〉という作品だけでなく、連作「白い馬の見える風景」を、物語として並べたように私は読んだ。自分とは異なる感想の中をめぐる楽しさがあった。

——長野県立美術館　学芸員

この作品は二〇二〇年三月小社より刊行されたものです。
JASRAC 出 2207483-201

〈あの絵《え》〉のまえで

原田《はらだ》マハ

令和4年12月10日　初版発行

発行人――石原正康
編集人――高部真人
発行所――株式会社幻冬舎
〒151-0051東京都渋谷区千駄ヶ谷4-9-7
電話　03(5411)6222(営業)
　　　03(5411)6211(編集)
公式HP　https://www.gentosha.co.jp/
印刷・製本―中央精版印刷株式会社
装丁者――高橋雅之

幻冬舎文庫

ISBN978-4-344-43248-2　C0193　は-25-6